청소년을 위한
후다닥 서평 쓰는 법

청소년을 위한 후다닥 서평 쓰는 법

초판 1쇄 펴낸날 | 2024년 10월 30일

지은이 | 김나정
펴낸이 | 고성환
펴낸곳 | (사)한국방송통신대학교출판문화원
　　　　03088 서울시 종로구 이화장길 54
　　　　전화 1644-1232
　　　　팩스 (02) 741-4570
　　　　홈페이지 https://press.knou.ac.kr
　　　　출판등록 1982년 6월 7일 제1-491호

출판위원장 | 박지호
편집 | 신경진
본문 디자인 | 티디디자인
표지 디자인 | 오하라

ⓒ 김나정, 2024
ISBN 978-89-20-05192-0 43800

값 15,000원

청소년을 위한

후다닥 서평 쓰는 법

김나정 지음

Smart Reading & Easy Writing

지식의날개

들어가는 말

지금까지 독후감을 몇 편이나 쓰셨나요? 한글을 배우고 초등학교에 들어가서부터 정말 많은 독후감을 썼습니다. 주인공에게 편지를 쓰고 책 속 배경을 지도로 그리는 등 갖은 방법으로 독서 감상문을 썼죠. 책 읽는 것도 버거운데 글까지 쓰다니 고생 많으셨습니다. 책을 읽고 글을 쓰는 일이 만만찮죠. 어떻게 하면 책을 잘 읽고 내가 느끼고 생각한 걸 글로 잘 부릴 수 있을까요?

많은 사람들은 청소년 시절에 자신의 인생 책을 만났다고 합니다. 여러분이 지금 읽은 책은 일생을 걸쳐 길잡이가 되어 줍니다. 책은 영혼을 살찌웁니다. 하지만 피와 살로 만들려면 소화시키는 과정이 필요합니다. 쌀알은 그대로 피와 살이 되지 않습니다. 뜸 들여 고슬고슬한 밥을 짓고 꼭꼭 씹어 먹어야 내 것이 됩니다.

서평 쓰기는 책을 내 것으로 만드는 가장 좋은 방법입니다. 우리 집의 위치, 내가 좋아하는 웹툰의 줄거리와 특징, 내가 꽂힌 게임의 규칙 등 자신이 잘 안다고 뽐낼 수 있는 걸 떠올려 보세요. 아마 술술 이야기할 수 있을 거예요. 어떤 대상을 잘 안다는 것은 누군가 그것에 대해 물으면 잘 설명할 수 있다는 것을 의미해요. 책도 마찬가지예요. 책을 한 번 읽었다고 해서 금방 그 책에 대해 잘 알게 되지는 않죠. 며칠 지나면 까먹기도 하고요. 내가 아껴 읽은 책에 대해 더 잘 알고 시간이 흘러도 내용을 간직하려면 그 책을 글로 써서 내 것으로 만들어 두면 좋아요. 서평 쓰기는 내가 읽은 책을 마음에 심어 두는 방법입니다.

어떤 책을 읽으면 마음이나 머릿속이 흔들리기도 해요. 돌멩이를 던지면 연못에 물 주름이 잡히듯 말이에요. 좋은 책은 읽는 사람에게 흥미를 불러일으키고 깊은 '울림'을 줘요. 호기심을 불러일으키고 눈물도 나게 하고 가슴도 찡하게 하는데, 이건 몰랐던 것을 알았다는 깨달음이기도 해요. 좋은 책은 이런 여러 겹의 파문을 일으킵니다. 서평을 쓴다는 건, 책이 내 마음에 일으킨 물결무늬를 들여다보는 거예요. 그냥 감동이다, 멋지다는 데 머물지 말고 그 물결무늬를 찬찬히 살피는 거예요. 책에 대해 곰곰이 생각하고, 감동의 정체를 파악해 내 식대로 정리하여 그 책의 멋짐을 다른 사람들에게도 전하는 거예요. 내 마음에 일어난 물결무늬를 다른 사람에게 퍼져나가게 하는 것이죠.

그럼 책은 어떻게 읽고 서평은 어떻게 써야 할까요?

탐정 소설의 주인공이 되어 책을 살펴보세요. 탐정은 발자국, 머리카락, 커피 잔에 남은 립스틱 자국을 소홀히 하지 않습니다.

서평가는 책을 둘러싼 신호들에 귀를 기울입니다. 서평을 쓰겠다고 작정하면 책을 허투루 보기 힘듭니다. 꼼꼼히 읽고 뭔가 발견하려는 적극적인 자세로 책을 대하게 됩니다. 중요한 내용이 무엇인지 집중하고, 읽으면서 자신의 생각을 만들어 갑니다. 책을 읽고 깨달은 바를 글로 정리하면 생각의 폭이 넓어지며 삶이 변합니다.

서평은 읽고 좋았던 책을 내 곁에 더 꼭 붙들어 매놓는 방법입니다. 겉장을 덮고 하루 이틀이 지나면 책의 내용이 가물가물해집니다. 좋았다는 어렴풋한 감정만 남습니다. 아쉬운 노릇입니다. 읽었는데 안 읽은 것 같습니다. 읽은 책을 기록하면 더 잘 기억됩니다.

서평 쓰기의 포인트는 무작정 들이대지 않는 것입니다. '재미있었다, 감동적이다, 지루하다, 별로다'라고만 쓰는 게 아니라 그 까닭도 밝혀 주는 것이죠. 자신이 읽은 책에 대한 생각과 느낌을 조리 있게 써야 합니다. 왜 재미있었는지, 어디가 좋았는지, 어느 지점이 아쉬운지를 자분자분 알려 줍니다. 읽는 사람을 납득시킬 근거를 들죠. 책에서 좋았던 구절을 예로 들거나 다른 책과 비교하여 돋보이는 점을 내세웁니다. 감정들 뒤에 물음표를 달아 주세요. 뭐가 재미있었지? 어떤 장면이 특히 감동적이었을까? 어느 대목이 지루했나? 어째서 별로였지? 자신이 품은 감상의 정체를 찾는 겁니다. 아랫배가 살살 아프면 '아, 어제 낮에 빙수 한 대접을 다 긁어 먹어서 그렇구나'라며 이유를 깨닫듯 말이에요. 서평은 이 책에 왜 끌렸는지, 이 책은 왜 읽을 만한지, 어떤 사람이 이 책의 독자가 되기를 바라는지를 근거를 들어서 일러 줍니다.

무엇보다 읽기와 쓰기는 '나'를 만들어 줍니다. 서평을 쓰면 자신이 무엇을 알고 있으며 무엇을 모르는지를, 자신이 무엇을 말하고 싶은지를 알게 됩니다.

이 책은 서평 쓰는 법을 다룹니다. 우선, 서평의 정의와 구성 요소부터 짚어 봅니다. 서평 쓰기의 세 단계를 '팔랑팔랑'과 '뒤적뒤적', '끄적끄적'으로 나누고, 각 단계마다 실행하면 좋은 방법을 제시합니다. 다음으로는 본격적으로 서평을 쓰는 데 필요한 쓰기 공식을 알려 드립니다. 초고를 쓰는 방법, 단락을 나누고 문장을 가다듬는 법과 퇴고 방법까지 일러 드립니다. 마지막으로 한 걸음 더 나아가 서평 쓰는 실력을 늘리는 방법, 책과 가까워지는 방법, 책으로 책을 쓰는 방법을 덧붙입니다.

이 책은 서평의 '왕도'가 아닌, 여러 갈래 길을 선보입니다. 자신의 보폭에 맞는 길을 선택해 첫발을 들여놓기를 기다립니다. 모든 책은 침묵에 잠긴 목소리입니다. 귀를 기울여 주세요. 당신의 목소리로 옮겨 주세요. 책은 악수를 청하며 당신에게 내밀어진 손입니다. 잡아 주세요.

손을 잡고 책 속의 길로 들어가 볼까요?

차례

1장

서평의 정의와 힘

1. 서평이란 무엇인가

서평은 한자로 書評, 영어로는 book review라고 합니다.

---

book review = book 책 + review 논평(비평)

'책을 논평하거나 비평하는 글'을 뜻합니다.

re(다시)+view(본다). 읽은 책을 서평으로 쓴다는 것은 다시 읽기와 매한가지입니다. 또한 누군가 쓴 책을 자기 식대로 '다시 쓴다'는 의미를 아우릅니다.

서평(書評) = 글 서(書) + 평할 평(評)

한자로 서평(書評)은 '글을 평하는 글'을 이릅니다. '評'은 言(말씀 언)자와 平(평평할 평)자가 결합한 글자입니다. '말(言)을 고르게(平) 하다'라는 뜻이죠. '공평(公平)하게 논하는 것'입니다. 따라서 '서평'은 치우침 없이 공평하게 글이나 책의 값어치나 잘되고 못됨을 분석하여 논하는 일을 의미합니다.

공평하게 치우침 없이 논한다는 건 어떤 뜻일까요? 최대한 자신의 주관이나 감상을 덜어내고 객관적인 근거를 들어 말한다는 의미일 것입니다. 홈쇼핑에서 물건을 파는 장면을 떠올려 볼까요? 쇼 호스트가 무작정 '저를 믿고 사세요.'라고 말하진 않죠. 이 상품은 이런 상품이라며 조목조목 알려 주고, 이 상품의 장점이 무엇인지를 설명하며 구매하라고 권유합니다. 상품에 대한 설명과 장점을 차근차근 밝혀 줍니다.

- '햇햇 도라지 배즙'은 우리 땅에서 자란 도라지와 배를 아낌없이 담았습니다.
- 물을 타지 않고 100% 착즙했습니다. 저온 착즙 방식으로 원료의 맛과 영양을 살려 담았습니다.
- HACCP 인증시설에서 깨끗하게 가공되었습니다. 8시간 동안 5차례 세척 과정을 거쳐 이물질을 없애고 순수한 과즙과 영양을 잡았습니다.
- 지리산 일대에서 자라는 도라지와, 일교차가 고른 전라도 나주에서 170일 양지 아래 생장한 배를 썼습니다.
- 신선하고 깔끔하고 목 넘김이 좋습니다. 진하고 깊이 있는 맛으로 어른들은 물론이고 아이들도 좋아합니다.

애니메이션 〈겨울왕국〉을 보고 이 영화가 좋았던 까닭을 궁리하고 메모해 봅니다. 재미있었다, 음악이 좋았다, 그림이 맘에 들었다, 캐릭터가 기억에 남는다, 완성도가 높았다, 주제가 맘에 들었다 등등 여러 이유가 떠오를 겁니다. 이렇게 좋았던 점에 대해

일단 나열해 봅니다.

이 모든 걸 다 쓰기보다는 세 가지 정도를 추립니다. 그리고 그 셋에 대해 좀더 궁리해 봅니다. 무조건 재미있었다고 쓰면 상대를 납득시키기 어렵습니다. 어떤 부분이 왜 좋은지를 밝혀 주세요. 완성도가 높았다고 생각한다면, 그렇게 생각한 이유를 파고 들어가 보세요.

• 음악이 좋았다. → 어떤 음악이 좋았나? 그 음악의 어떤 점이 마음에 들었나?

예 주제곡인 〈Let It Go〉가 좋았다. 자신의 능력을 숨기고 살아야 하는 주인공 엘사가 자신을 맘껏 펼치는 모습이 좋았다. 가슴이 탁 트였다. 음악과 궁전이 세워지는 장면이 함께 어우러진 게 좋았다.

• 그림이 좋았다. → 어떤 그림이 좋았는가? 다른 애니메이션 영화와 차이 나는 점은 무엇일까?

예 〈겨울왕국〉을 담은 작품이라 눈과 얼음이 많이 등장하는데, 눈송이나 얼음이 실감나게 다가온다. 눈이 시리고 살짝 추웠다. 겨울에 둘러싸인 것 같았다.

> • 작품이 말하고자 하는 바가 맘에 들었다. → 어떤 점이 마음에 들었는가?

예 엘사와 안나의 자매애가 좋았고, 둘이 성장하는 스토리라서 해피엔딩으로 끝나 기분이 좋았다.

1. 이 작품을 보고 기억에 남았던 것, 마음에 들었던 것을 자유롭게 메모한다.
2. 그중에서 세 가지만 고른다.
3. 이 세 가지에 대해서 곰곰이 생각한다. 구체적으로 만들어 준다.
4. 작품 정보와 세 가지 이유를 합쳐 글을 쓴다.

이렇듯 서평도 이 책이 어떤 책인지 설명하고 왜 읽을 만한지 근거를 들어 조분조분 애기해 줘야 합니다. 따라서 서평은 설명과 설득이 합쳐진 글이라고 할 수 있어요.

우리는 서평으로 이 책이 얼마나 가치 있고 의미 있는지를 말해 줘야 합니다. 서평은 책에 대한 비평인데, '비평'이란 말은 감상 (appreciation), 해석(interpretation), 평가(evaluation)의 개념과 연결 됩니다. 비평 'criticism'은 '가려내다', '구분하다', '평가하다', '재 판하다'라는 뜻을 지닌 그리스어 'Krinein'에서 비롯했어요. 라틴 어 어원인 'criticus'는 '재판관', '감정가(鑑定家)'라는 뜻이랍니다. 어원을 보면 비평이 대상의 특징을 살피고 가치를 평가하는 일이 라는 것을 알 수 있지요.

그런데 비평의 주요한 목적이 대상에 대한 가치 판단이나 평가 이지만, 그 못지않게 비평은 대상에 풍부한 해석이나 깊이 있는 이해를 바탕에 둬야 합니다. 꼼꼼한 분석을 통해 얻은 근거를 제 시하지 않고 작품의 가치를 멋대로 판단한다든가 작품에 대한 창 의적인 해석 없이 작가의 말을 곧이곧대로 요약하는 글은 바람직 한 서평이라 보기 어려워요. 무엇보다 '비평'이란 말이 주는 선입 견에서 벗어나야 해요. 비평이라 하면 흔히 흠잡기나 잘못된 점 찾아내기로 오해하기 십상이에요. 비평은 대상에 대해 눈을 홉뜨 고 비판을 가하는 글이라기보다는 대상에 대한 풍부하고 폭넓은 이해를 바탕으로 새로운 사고를 열어 주는 글로 이해해 줬으면 합 니다. 책에 대한 공들인 이해, 즉 온전한 감상과 해석을 빠뜨리고 작정하고 부정적으로만 본다면 서평은 책과의 속 깊은 만남을 도모하는 일이 아니라 허공에 대고 지르는 악다구니에 그치게 됩니다.

서평의 특성은 여타 다른 글과 비교할 때 도드라집니다. 책을 읽고 쓴 글에는 독서 감상문(독후감), 리뷰, 비평문이 있습니다. 모두 글을 읽고 난 뒤에 쓰는 에세이입니다. 특성이 겹치는 부분도 많습니다. 그러나 차이점에 주목한다면, 독서 감상문은 '나'의 느낌이나 생각이 중심이고 서평은 '남'에게 이 책을 소개하는 글입니다.

- 독서 감상문: '나'(책을 읽고 내가 느낀 것과 생각한 것을 털어 놓기)
- 서평: '남'(이 책을 남에게 소개하기)

독서 감상문에서 가장 중요한 건 '나'의 생각과 느낌입니다. 자신이 그 책에서 무엇을 느끼고 무엇을 새롭게 알았는가를 적죠. 책 읽은 소감으로 나의 느낌이나 생각을 거침없이 표현합니다. 읽은 책을 소재로 쓰는 일기장이라고 해도 좋을 정도입니다.

반면, 서평은 '남'에게 이 책을 소개하는 글입니다. 다른 사람에게 이 책을 소개하고 이 책의 장단점을 근거로 설득하는 성격을 띱니다. 무작정 좋았다고만 쓰는 게 아니라 이 책이 어떤 책인지 정보를 전하고, 근거와 함께 이 책의 가치와 의미를 제시합니다. 개인적인 감상이나 취향을 떠나 객관적으로 책에 대해 말하는 것입니다. 일본의 서평가 다치바나 다카시는 "객관적인 정보를 주는 것이 서평의 목적"이라고 했지요.

감상문은 대상에 대한 '나'의 느낌이나 인상을 표현하는 걸 중심에 둔 글이며, 비평은 비판적 읽기에 방점을 찍은 글이라고 할 수 있어요. 감상문이나 독후감은 자기가 읽은 책에 대한 직관적인 느낌이나 인상적인 부분에 대한 생각을 펼치는 것만으로 충분합니다. 서평이나 비평문은 그 책의 의미를 해석하고 가치를 평가하되 그 판단의 객관적인 근거와 타당한 기준을 함께 제시해야 합니다.

감상문을 쓸 때는 어디까지나 감상해 보니 어쨌다고 설명하거나 내 느낌이 어땠는지 묘사하여 표현한다면, 비평문을 쓸 때는 작품 해석과 평가에 관련된 자신의 견해를 논리적으로 정당화하기 위해 작품을 면밀하게 분석하고 주장의 근거를 찾는 것이 중요합니다.

감상문이 '나'의 깨달음과 느낌이 중심인 주관적인 글이라면 서평은 그 책에 대한 정보와 특징을 객관적으로 다룹니다. 객관적인 정보 : 주관적인 평가 = 3 : 1 비율입니다. 서평은 책을 소개하여 어떤 책인지 알려서 독자가 읽을지 말지를 결정하는 것을 돕는 것이죠. 사실 둘을 딱 갈라 구분하기 어렵기도 해요. 감상문도 직관적이고 단편적일망정 작품에 대한 해석과 평가를 담았기 때문에 어떤 의미에선 비평적 글쓰기의 일종이라고 할 수 있죠. 실제로 감상문과 비평의 중간에 놓인 글도 많이 있어요. 하지만 본격적인 서평을 쓰고자 한다면 둘의 차이를 알아 두고 해석과 평가에서 객관성이나 타당성을 높이기 위해 노력할 필요가 있습니다. 독서 감상문과 서평의 차이를 이렇게 정리해 볼 수 있습니다.

	독서 감상문	서평
성격	주관적 • 독자가 읽은 책에 대한 주관적 느낌을 자유롭게 서술 • 본인의 느낌에 충실해 비록 감상적으로 치우치더라도 문제 되지 않음. 정서적 • 책에 대한 감정을 표출하는 글 • 감성과 주관이 잘 드러나게 자기의 정서 표현 및 독자와의 공감대 형성이 목적	객관적 • 자신의 개인적 감정에 거리를 두고 객관적으로 책에 대해 서술 • 읽는 사람이 그런 느낌을 충분히 공감할 수 있도록 설득하는 글 • 책에 대한 가치 판단을 담으면서도 상대적으로 감상을 객관화하는 글 논리적 • 책과 저자에 대한 정보, 책의 주제 등이 잘 드러나게 책에 대한 해석과 평가를 독자에게 전달하고 나아가 설득하여 적극적인 소통을 추구
목적	책을 읽은 감상을 풀어놓는 것	책을 논리적으로 소개하는 것
독자	자신의 느낌 정리가 중요할 뿐 그 글을 읽는 독자를 염두에 두지 않음.	그 글을 읽을 독자를 고려
주요 내용	책을 읽게 된 계기, 줄거리, 인상적인 장면 등을 쓰면서 자기 생각과 느낌을 정리해서 쓰는 글	책과 관련된 모든 내용에 대해 잘잘못을 평가하고, 다른 사람들이 그 책의 정보를 얻도록 하기 위해 쓰는 글

(표 계속)

장르	책을 읽고 쓰는 '감상'이며 느낀 바를 자유롭게 풀어쓰는 수필	그 책의 '가치'를 따지는 비평문 또는 적절한 근거를 들어 남들까지 설득할 수 있는 논설에 가까움.
지향점	독자 개인의 감상과 느낌을 담은 내향적이고 일방적인 글	책에 대한 사유를 담은 논리적인 글이며 서평을 통해 책에 대한 해석과 평가를 전달하여 상대를 설득하는 데 목적이 있다는 측면에서 공적이며 관계적인 글
방식	독백 감정을 풀어놓기만 해도 충분	대화 독자를 설득하고자 성찰하고, 언어와 논리를 구성하고 배열하며, 책의 가치를 다각도에서 바라보고 해석
독서 강도	'읽으면' 쓸 수 있음. 일부만 읽거나 훑어보아도 쓸 수 있음.	서평은 '정독해야' 쓸 수 있음. 서평은 책이 전달하는 정보를 객관적으로 전달해야 하므로 꼼꼼하게 읽어야 함.
근거	자신의 가치관이 반영	인용부터 조사까지 읽는 사람이 납득할 수 있어야 함.
최종 목적	감상 본인이 책에서 감명 깊게 읽은 부분을 중심으로 주관적인 의견을 전개함.	평가 책의 주제와 핵심 문장을 요약하고, 책의 주요 개념이나 방법론의 일관성 등에 대한 평가를 제시하며, 책의 장점이나 비판받아야 할 점, 발전 방향, 과제 등까지도 기록할 수 있음.

리뷰는 책을 하나의 '상품'으로 바라봅니다. 어떤 물건의 사용 후기 정도로 생각하면 좋습니다. 어떤 책을 읽어야 할지 말지, 사야 할지 말지 결정하는 것을 돕습니다. 세상엔 책이 수두룩하고

매년 수만 권씩 신간이 태어납니다. 읽을 만한 책을 골라 그 내용과 장단점을 정리한 글이 리뷰입니다.

비평은 전문적인 글입니다. 책을 많이 읽은 전문가들이 자신의 지식을 바탕으로 책을 분석하고 판단하고 가치를 평가합니다. 서평이 그 책의 읽을 가치를 다룬다면, 비평은 폭넓게 그 책의 문화적, 사회적 가치까지 말합니다. 어떤 책이 탄생한 배경, 역사적인 가치, 저자의 특성과 다른 책과의 연관성, 그 책에 영향을 준 사회나 시대상, 그 책이 역사적 맥락에서 어떤 위치에 놓였는지 계보까지 밝히곤 합니다. 소설이나 시집의 뒤에 붙은 해설이나 작가 연구서, 미술작품 분석서 등이 그 예입니다.

정리하자면, 서평은 '남'에게 책을 소개하는 글입니다. 객관적인 성격이 강해서 근거가 필요합니다. 그리고 이 책의 가치와 의미를 찾아 주는 글입니다. 또한 서평은 이해, 해석, 감상, 평가/판단이 어우러진 글입니다.

- 이해: 이 책이 무엇을 말하고 있는지를 잘 들어 준다.
- 해석: 이 책이 무엇을 말하려고 했는지를 생각한다.
- 감상: 나에게 어떤 느낌이나 생각을 불러일으켰는지를 궁리한다.
- 평가/판단: 이 책의 가치를 발견하고 평가한다. (꼭 필요한 것은 아님)

2. 서평의 구성 요소

서평의 특성을 짚으면 서평에 필요한 요소가 무엇인지 알 수 있습니다.

- 요약, 정보, 감상, 비판
- 나의 생각 + 근거(책의 내용을 바탕으로)
- 이 책을 읽고 새롭게 알게 된 점
- 이 책의 '의미'와 가치를 찾아 주는 작업

일단 어떤 책인지 알립니다 → 서지 정보, 요약

이 책의 장점과 단점을 제시합니다 → 비판과 평가, 객관성 확보 필요, 근거 제시

이 책의 가치와 의미를 전달합니다 → 나의 생각(이 책이 새롭게 알려준 것, 달리 보게 한 점)

정리하자면, 서평의 필수 요소는 다음과 같습니다.

제목 : 책의 제목이 아니라 '서평'의 제목

서지 정보 : 저자(+번역가), 《책 제목》, 출판사, 출판연도

〈서론〉

첫 문장: 읽는 사람을 잡아끄는 짧고 매력적인 문장

책 소개: 요약(되도록 간략하게)

〈본론〉

이 책의 특징과 매력(근거/책에서 구체적인 부분을 데려와 '예시'를 넣으면 효과적)+아쉬운 점(비판적 시각을 들어 주장의 설득력을 높임)+이 책의 의미와 가치

〈결론〉

앞에 나온 내용 정리

3. 서평을 쓰면 왜 좋을까?

'독서는 유익하다. 서평을 쓰면 좋다.' 당연한 말처럼 들립니다. 그런데 구체적으로 왜 좋을까요? 서평을 쓰면 좋은 점이 무엇인지 알아볼까요?

1) 정보로 지식을 낳는다

인터넷만 검색하면 오만가지 정보들이 흘러넘치는데 굳이 책을 볼 필요가 있을까요? 하지만 인터넷 검색으로 얻는 정보는 '조각'

들입니다. 검색어에 딸려 정보들이 나열되지만 도대체 뭐가 중요한지, 어떤 게 진짜인지 구별하기 어렵습니다. 정보의 양도 너무 많고, 광고를 가장한 지식이나 가짜 뉴스로 뒤죽박죽이죠.

예를 들어 인터넷 검색창에 '기후 변화'를 입력하면 수많은 정보가 나열됩니다. 동영상, 블로그, 카페, 문서, 뉴스, 이미지 등이 펼쳐집니다. 정보의 중요도는 사용자가 판단하는 것이 아니라 프로그램이 제시하는 방향에 따라 설정됩니다. 접속 횟수가 많거나 광고비를 낸 정보가 먼저 제시됩니다. 하지만 어떤 정보가 중요한지 무엇부터 읽어야 하는지 가늠하기 어렵습니다. 이 키워드로 검색된 지식이 어떤 구조를 이루는지도 알기 어렵습니다. 정보가 다만 엑세스 랭킹이나 검색 순위에 따라 나열되니까요. 퍼즐 판은 없고 퍼즐 조각만 흩뿌려져 있는 셈이죠.

인터넷 정보는 지식의 일부를 알려 주지만 책처럼 전체상을 순서 있게 체계적으로 배우기는 힘듭니다. 반면, 책은 이런 낱낱의 조각들을 정리한 정보의 묶음입니다. 저자는 중구난방으로 떠도는 정보를 '선택'하고 '배열'합니다. 나름의 기준에 따라 체계화합니다.

'기후 변화'가 주제인 책의 목차를 살펴볼까요?

이 책은 1장에는 기후 변화의 정의와 사례, 2장은 국제 사회의 대응 방법, 3장은 어떤 대책이 가능한지, 4장은 3장을 구체화해서

에너지복지 문제를 다루며 5장은 폭을 넓혀 인류의 미래와 환경의
관계를 다룹니다. 각 장마다 해당 지식을 정리하고 전체적인 흐름
이 기본 지식을 얻고, 현상을 알리며 대책을 고민하고 미래의 청
사진을 그리는 것으로 마무리됩니다. 기후변화에 대한 정보가 단
순히 나열되어 있는 것이 아니라 저자의 구상에 맞게 잘 정리되어
체계적으로 독자에게 전달됩니다.

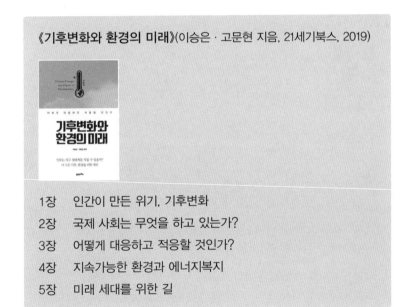

《기후변화와 환경의 미래》(이승은 · 고문현 지음, 21세기북스, 2019)

1장 인간이 만든 위기, 기후변화
2장 국제 사회는 무엇을 하고 있는가?
3장 어떻게 대응하고 적응할 것인가?
4장 지속가능한 환경과 에너지복지
5장 미래 세대를 위한 길

책은 저자가 단편화된 지식인 정보를 모아 분석하고 정리해서
이해한 뒤 기억하고 체계화해서 숙성시킨 결과물입니다. 나무를

잔뜩 보지만 이게 어떤 숲을 만드는지는 보이지 않는 것이죠. 책은 정보를 잘 정리하여 꾸린 나무 정원입니다.

우리는 목차만 보고서도 많은 것을 배우고 깨달을 수 있어요. 《지리의 힘》이란 책의 목차만 잘 살펴도 지리가 어떻게 세계사와 연관되는지를 대략적으로 알게 됩니다.

《지리의 힘》(팀 마샬 지음, 김미선 옮김, 사이, 2016)

목차

서문: 우리 삶의 모든 것은 지리에서 시작되었다!

인터넷으로 얻는 것은 단편적인 '정보'인 반면, 책이 전해 주는 것은 '지식'입니다. 지식은 넘쳐흐르는 정보를 가려내 조직화한 것입니다. 책에는 저자가 정보를 분석해서 정리하고 체계화해 놓은 지식이 들어 있습니다. 서평은 정보를 나의 지식으로 만드는 과정입니다. 정보는 사실의 한 조각이며, 이들 정보를 모아 사실을 구축하여 지식을 만들고, 그 지식이 자신의 것이 되면 지혜로 숙성됩니다.

서평 쓰기는 책을 쓰는 것과 비슷합니다. 책이 정보를 지식으로 변환시키듯, 서평은 '책'을 읽고 난 뒤 나름의 체계를 잡아 정리하여 자신의 지식으로 변환시키는 작업입니다. 서평을 쓰려면 책에 나온 내용을 그저 나열할 수만은 없습니다. 무엇이 중요한지 우선순위를 정하고 가치를 생각하며 일목요연하게 체계를 잡아 써야 합니다. 서평을 쓰면 책이라는 정보 묶음이 자기 나름의 '지식'으로 변환됩니다. 정보를 지식으로 바꾼다는 점에서 서평 쓰기는 작은 책을 쓰는 작업입니다.

《지적 생산의 기술》(우메사오 다다오 지음, 김욱 옮김, 에이케이커뮤니케이션즈, 2018)을 '지적(知的) 생산'을 인간의 지적 활동이 어떤 새로운 정보를 생산했을 때의 상황이라고 정의합니다. 서평의 밑바탕은 읽기를 통한 쓰기입니다. 내게 필요한 자료를 찾고, 책을 읽고 정리하며, 생각하고 눈앞에 놓인 문제 해결에 활용하는 것이 지적 생산의 기술입니다.

서평을 쓰려면 책을 읽고 정리하고 생각하는 과정을 거칩니다. 책을 읽으며 생각하고, 중요한 내용을 떠올리며 간추리고 글로 정리하는 과정을 통해 지식이 태어납니다. 그런 의미에서 서평 쓰기 자체가 하나의 지적 생산 과정이 되는 것입니다. 정보는 지식이 되고, 그 지식을 내 것으로 만들 때 지혜가 생깁니다. 책을 읽고 서평을 쓰는 과정은 정보를 지식으로, 지식을 지혜로 변환시키는 작업인 셈입니다.

2) 기록하면 기억된다

분명히 이전에 읽었는데 "그 책은 어떤 내용이었나요?", "어디가 좋았나요?"라고 물으면 갑자기 머리가 멍해집니다. "얼마 전에 읽었는데…" 우물거립니다. 가물가물 떠오르기는 하는데 말로 설명하기 어렵죠. 읽었다는 사실도 까마득해집니다.

읽은 책의 내용이 깡그리 사라졌다는 것은 그 책의 내용이 '지식'으로 자기 안에 자리하지 못했다는 것입니다. 모처럼 시간을 내어 읽었는데 사라져 버리다니 안타깝기 짝이 없습니다. 그저 읽었다는 데서 만족하기엔 너무 아깝습니다.

그렇다고 무작정 천천히 읽는다고 더 기억이 남는 건 아닙니다. 책 내용을 기억하자고 부러 달달 외울 수는 없죠. 몇 번씩 거듭 읽으면 기억에 남는 부분이 늘겠지만 비효율적입니다.

그렇다면 읽은 책을 어떻게 기억에 남길 수 있을까요? 서평을 써서 나름대로 정리하면 내 것이 됩니다. 책의 내용 전체를 암기하는 것이 아니라 내가 추려낸 골자를 파악하고, 그 책의 가치와 의미를 기록하면 단단히 내 머릿속에 자리 잡습니다. 그저 읽기만 하면 구름처럼 머릿속으로 잠시 흘러갈 뿐입니다. 그 구름을 내 '말'로 붙잡아 두면 기억의 창고에 단단히 응축되어 보관할 수 있습니다.

요네하라 마리는 《미녀냐 추녀냐》(김윤수 옮김, 마음산책, 2008)에서 기억을 보강해 주는 일곱 가지 방법을 제시합니다.

> 1. 의미가 있는 것은 외우기 쉽고, 그 반대는 외우기 어렵다.
> '가넘어졌마어달다'는 외우기 어렵지만, '달마가 넘어졌다.'는 기억된다.

2. 관심이 있으면 외우기 쉽고 그 반대는 외우기 어렵다.

   꽃을 사랑하는 사람은 꽃 이름을, 차를 좋아하는 사람은 차종이나 생산연도까지 줄줄 꿰고 있다.

3. 이해한 것은 외우기 쉽고 그 반대는 외우기 어렵다.

   이해하지 못한 것을 무작정 외우는 건 고역이다. 이해하는 과정에서 자연스레 기억되는 것도 있다.

4. 논리적인 것은 외우기 쉽고 그 반대는 외우기 어렵다.

   시간적인 배치나 인과관계로 연결되는 건 외우기 쉽다.

5. 줄거리가 있는 것은 기억하기 쉽고 그 반대는 기억하기 어렵다.

6. 리듬감이 있는 것, 장단이 있으면 외우기 쉽다.

7. 이미지화하기 쉬운 것은 외우기 쉽다.

이런 기억 방법에 비추어 서평이 왜 책의 내용을 붙들어 주는지를 알 수 있어요. 서평을 쓰려면 책을 이해하고 '의미'를 뽑아내야 합니다. 책의 내용을 요약하여 줄거리를 만들고 논리적으로 풀어갑니다. 이런 서평 쓰기에 필요한 능력은 기억을 쉽게 하는 발판이 됩니다. 헤르만 에빙하우스(Hermann Ebbinghaus)의 '망각곡선 이론(Ebbinghaus curve)'에 따르면, 학습 바로 직후에 망각이 매우 급격하게 일어나며, 특히 학습 직후 20분 이내에 41.8%를 까먹게 된다고 합니다. 학습된 내용을 오래 기억하려면 반복학습을 하거나, 시간 간격을 두고 규칙적으로 여러 번 수행하는 분산학습이 더 효과적이라는 것입니다.

책을 읽고 시간이 지나면 내용을 잊게 마련입니다. 그러나 시간을 두고 서평을 쓰면 읽은 내용을 '반복'하여 보게 되고 글로 정리하면서 다시 반복하게 됩니다. 서평 쓰기는 책을 다시 보고 거듭 읽게 해서 내용을 기억하는 데 보탬이 됩니다. 책을 읽고 바로 서평을 쓰기보다는 일주일 정도 시간을 두고 글로 정리하면 그 책은 기억으로 저장됩니다.

《나는 한 번 읽은 책을 절대 잊어버리지 않는다》(가바사와 시온 지음, 은영미 옮김, 나라원, 2016)에는 기억에 대한 흥미로운 글이 실려 있습니다. 뇌에서 정보를 보존하는 영역은 '해마'인데, 해마는 입력된 정보를 1~2주 동안만 일단 보존합니다. 그 기간 중에 두세 번 입력된 정보에는 '이건 중요 정보'라고 쪽지를 붙습니다. 쪽지가 붙은 중요 정보는 '기억의 금고'인 측두엽으로 옮겨집니다. 책을 읽으며 얻은, 해마가 보존한 단기 기억이 장기 기억을 맡은 측두엽으로 이동합니다. 만일 책에서 읽은 정보를 측두엽에 위치한 기억의 금고에 옮길 수 있다면 10년이 지나도 잊어버리지 않는 기억이 된다고 합니다. 서평으로 기록하면 그 책은 '나'의 일부가 되는 것이지요.

3) 공부 머리를 길러 준다

역사학자 주경철은 가장 좋은 공부 방법으로 '서평'을 꼽습니다.

"서평을 쓰려면 책을 비판적으로 읽고 생각해야 해요. 읽고, 생각하고, 써보게 되는 가장 기본적인 공부죠."

서평 쓰기는 공부의 밑바탕이 됩니다. 소설 《링》의 작가 스즈키 코지는 《공부는 왜 하는가》(양억관 옮김, 일토, 2016)에서 한 사람의 미래에 유용한 능력으로 '이해력', '상상력', '표현력' 세 가지를 꼽았습니다. 우리가 살아가면서 겪는 대부분의 일은 이 능력을 발휘하면 해결되고, 공부는 이런 능력을 길러 주기 때문에 하는 것입니다. 우리는 책을 읽고 서평을 쓰면서 이 세 가지 능력을 자연스레 기를 수 있습니다. 책을 읽으며 우리는 지금까지 살아오면서 겪은 경험이나 관련 지식을 덧붙여 책의 내용을 '이해'하려고 애씁니다. 그리고 '상상력'으로 활자 사이의 빈 공간을 채우고 소설을 읽을 때는 인물이나 배경을 떠올립니다. 이렇게 책을 읽고 이해한 내용에 자신의 생각을 보태 글로 적으며 '표현력'을 높이게 됩니다.

문자를 읽고 이해하는 능력을 뜻하는 '문해력'은 모든 지적 활동의 출발점입니다. 우리가 접하는 지식의 대부분은 '언어'로 이루어져 있습니다. 교과서, 문제집, 참고서 등등의 교재를 펼쳐 보면 대부분이 글자로 채워졌죠. 책을 읽고 서평을 쓰면 자연스레 문해력 (literacy)이 길러집니다. 서평은 언어로 된 책을 읽고 그것을 언어로 정리하는 글이니까 언어 능력이 향상될 수밖에 없죠.

읽고 쓰는 작업은 소극 어휘와 적극 어휘의 관계로 연결 지을 수 있습니다(요네하라 마리, 《미녀냐 추녀냐》, 김윤수 옮김, 마음산책, 2008). 소극 어휘는 수동적으로 익힌 것이며, 적극 어휘는 능동적인 수준까지 이른 것을 의미합니다. 소극적인 지식은 다른 사람이 말하거나 쓴 것을 이해할 수 있는 것이고, 적극적인 지식은 자기 말로 자기 생각을 풀어내는 것을 뜻합니다. ○, × 문제나 객관식 시험으로 확인하고 개발할 수 있는 것은 소극적인 지식이고, 논문, 리포트, 구두시험처럼 자기 말과 글로 표현함으로써 적극적 지식이 길러집니다.

사실 책을 읽고 서평을 쓰는 것은 골치 아픈 일입니다. 책에 나온 내용이 이해되지 않을 때도 많습니다. 저자가 말하고 싶은 게 뭐였는지를 알아내려면 머리를 쥐어짜야 합니다. 이 책의 핵심이 무엇인지, 가치와 의미가 무엇인지를 정리하려면 머리를 굴려야 합니다. 그저 읽는 것이 아니라 서평까지 쓰려면 이해되지 않는 부분을 붙들고 파고들어 가야 합니다. 이런 궁리와 끙끙거리는 과정을 거치면 머리가 좋아집니다. 이 책을 읽기 전의 '나'와 책을 읽고 서평까지 쓴 '나'는 다른 사람이 되는 겁니다.

"생각한다(thinking)는 것은 지식을 얻고 이해를 하기 위해 정신을 사용하는 것"(모티머 J. 애들러·찰스 반 도렌, 《생각을 넓혀주는 독서법》, 독고 앤 옮김, 멘토, 2012). 글을 쓴다는 것은 정보를 정리하거나 생각을 구성해서 논리적으로 설명할 수 있다는 것을 뜻합니다. 작가가 왜 그렇게 썼을까를 궁금해할 때 분석적 사고와 비판적 능력이 커집니다.

서평 쓰기는 사유하는 힘을 길러 줍니다. 독서나 서평 쓰기는 그저 받아들이고 즐기는 수동적인 작업이 아닙니다. 독자는 해석과 성찰을 요구합니다. 서평을 쓰려면 책이 무엇을 말하는지 해석해야 합니다. 글을 쓰려면 생각해야 하고, 자기 나름의 의미 체계를 만들어야 합니다. 서평 쓰기는 보다 적극적이고 능동적인 참여를 요구합니다.

책 읽기와 글쓰기의 끈끈한 관계를 말하는, 이세훈의 《아웃풋 독서법》(북포스, 2017)에서는 독서 능력을 향상시키는 방법을 다음과 같이 말합니다. "이해력 향상을 위한 최적의 방식은 명확한 주제의식을 가지고 핵심단어를 중심으로 마감 시간 내에 필요한 정보나 지식을 발견하는 연습을 반복하는 것이다. 독서능력을 높인다는 것은 결국 이해력을 향상시킨다는 말이다. 평소에 본인이 관심이 있고 흥미 있는 분야나 주제와 관련된 책들을 연속해서 읽어 보라. 이후에 주제에 대한 깊이 있는 연구가 필요하면 찬찬히 정독을 시도하면 된다."

문해력을 기르면 정보를 빠르게 이해하고 정리하여 제 것으로 만드는 능력이 길러집니다. '지적 성장'이란 이해하지 못했던 것을 이해하게 되는 과정을 의미합니다. '배운다'는 것은 모르는 것을 알게 되고 이해력이 높아지는 것을 뜻합니다. 주어진 지식을 이해하고 내 것으로 만드는 작업이 바로 공부입니다. 서평을 쓰려면 정보와 지식을 분석하고 통합하는 작업을 반복하며 머리를 회전하는 능력을 향상시킬 수 있습니다.

책은 활자 매체입니다. 영화 등 이미지로 된 매체는 보고 느끼는 것입니다. 이미지는 스스로 사유하지 않습니다. 그저 보여 주며 흘러갈 따름입니다. 의미도 분명하지 않습니다. 무엇보다 이 이미지가 의미하는 바가 무엇인지 뚜렷하지 않고 성찰할 시간을 주지 않습니다. 하지만 활자 매체는 의미를 언어로 고정시킵니다. 영화를 보다가 멈추고 생각에 잠기는 일은 드뭅니다. 하지만 책을 읽다가 모르는 부분, 감동적인 부분에서 읽는 것을 잠시 멈춘 일은 있을 겁니다.《생각을 넓혀주는 독서법》(모티머 J. 애들러·찰스 반 도렌 지음, 독고 앤 옮김, 멘토, 2012)에 따르면, 대중매체는 우리가 생각을 하지 않아도 되도록 고안된 것이라고 합니다. "텔레비전이나 라디오, 잡지를 통해서 사람들은 교묘한 설득에서부터 신중하게 선별된 정보와 통계에 이르기까지 별로 힘들이지 않고 '결정'내릴 수 있도록 잘 정리된 자료를 제공받는다.", "그러나 너무 효과적으로 포장이 되어 시청자들이나 청취자들, 독자들은 자기 자신의 결정을 내리지 못할 때도 있다." 사람들은 스스로 생각하는 대신 대중매체가 포장한 의견을 자기 머릿속에 주입하고, 필요할 때 아무 생각 없이 '재생'시킬 따름이라는 것입니다.

책을 읽고 서평을 쓰면 미디어 리터러시(media literacy)도 향상됩니다. 미디어의 정보를 비판적이고 창의적으로 해석할 수 있게 됩니다. 단순히 정보를 받아들이는 것이 아니라 분석하고 평가하는 능력을 갖추는 것입니다. 미디어 리터러시를 갖추면 인터넷 매체의 정보, 텔레비전 프로그램, 영화나 SNS에 등장하는 정보가 진짜인지 가짜인지 간파하는 능력도 생깁니다.

4) 창조의 씨앗이 싹튼다

마녀의 솥단지에는 별의별 게 들어갑니다. 두꺼비 눈물, 첫 이슬 두 방울, 달맞이 꽃잎과 진흙 두 덩이, 올빼미 깃털. 이것들이 뒤섞여 마법의 약이 만들어집니다. 사랑을 이뤄 주고 악몽을 쫓아 줍니다.

책 속에는 오만가지 것이 모여 있습니다. 우주의 비밀, 사람의 마음, 거북이의 한 살이, 백제 역사 등등 다양한 세계를 열어 줍니다. 책을 읽고 서평을 쓰면 이 다양한 세계의 조각들이 내 안에 쌓입니다. 그것들이 뒤섞이고 발효되면 무언가 새로운 것이 싹틉니다.

창조는 무(無)에서 시작되지 않습니다. 기존에 있던 것으로 새로운 것을 만드는 겁니다. 있던 것을 달리 보거나 관계가 없던 것처럼 보이는 것들을 연결시켜 주는 식으로요. 아이디어는 낯선 것들의 결합에서 나옵니다.

서평은 이런 만남의 기회를 제공하는 마녀의 솥단지입니다. 책을 읽고 서평을 쓰려면 저자의 생각을 만나야 합니다. 또한 책에 나온 생각에 자신의 생각을 더해야 하죠. 다양한 장르의 책을 접하고 서평을 쓰면서 그 책의 알곡을 뽑아내 차곡차곡 쌓다 보면 내 속에서 그것들이 서로 뒤섞이고 발효되어 대단한 생각의 씨앗이 돋아납니다. 또한 책을 읽고 서평을 쓰다 보면 아이디어를 캐내는 감각이 예리해지고 자기만의 노하우가 생겨서 자료를 수집하고 정보를 모으는 일도 수월해집니다.

언어는 그 자체에서 무수한 이미지가 태어나는 구조입니다. 이미지가 잎이라고 한다면 언어는 나무의 줄기이자 가지입니다. 시든 나무처럼 보이다가도 봄이 오면 무수한 잎이 거기에서 태어납니다. 책이란 이런 의미에서 한 그루의 나무입니다. 한 권의 책을 읽는 것은 자신의 마음속 토양에 타자의 마음을 한 그루 나무로 키우는 일입니다. 나무를 키움으로써 그 뿌리가 뻗어 나가는 자신의 마음속 대지가 깊이 가꾸어지는 것입니다.

그렇다면 나무라면 어떤 나무라도 다 좋다고 할 수 있습니다. 그러나 가능하다면 가장 깊은 곳까지 뿌리를 내리고 가장 높은 곳까지 가지를 뻗을 수 있는 나무를 키워야 하지 않을까요?

– 동경대 교양학부, 《교양이란 무엇인가》, 노기영 외 옮김, 지식의날개, 2008. 16쪽.

어떤 작가에게 출신 학교가 어디냐고 물었습니다. 그는 "책"이라고 답했습니다. 글을 잘 쓰는 사람은 대부분 독서광이었습니다. 읽다 보면 자연스레 쓰는 힘이 길러집니다. 송나라의 문인 구양수는 글을 잘 쓰는 세 가지 방법으로 다독(多讀), 다작(多作), 다상량(多商量)을 꼽았습니다. 서평 쓰기는 이 세 마리 토끼를 모두 잡게 해줍니다. 서평은 책을 읽고 생각하며 글을 쓰는 것이니까요.

글을 이해하는 능력은 글을 쓰는 능력의 바탕입니다. 독해 능력과 작문 실력은 맞물립니다. 책을 읽으면 외부로부터 정보가 흘러들어오기 때문에 글 쓸거리가 늘어납니다. 책을 별로 읽지 않는 사람은 정보가 부족하여 자기 생각을 고집스레 반복할 뿐입니다.

서평을 쓰면 요약하며 글의 골격을 파악하게 되죠. 글을 구성하는 방법을 자연스레 익힙니다. 잘 부려진 문장이나 잘 짜인 책을 많이 읽으면 자연스레 글을 구성하는 방법과 문장 실력이 좋아집니다.

《크라센의 읽기 혁명》(스티브 크라센 지음, 조경숙 옮김, 르네상스, 2013)에는 독서로 자신을 키운 사람들의 예가 등장합니다. 미국의 흑인 작가 리처드 라이트(Richard Wright)는 가난한 농부의 아들로 태어났습니다. 집안 사람들은 책과 담을 쌓았으며, 라이트의 할머니는 손자가 빌려온 책이 세속에 물들어 있다고 불태우기도 했답니다. 하지만 자기 집에서 하숙하던 선생님이 읽어 주는 소설의 맛에 길들여진 라이트는 책을 읽는 걸 멈추지 못했습니다. 이야기를 읽고 듣는 것이 얼마나 재미난 일인지를 알았기 때문이죠. 그뿐만 아니라 라이트는 "독서만이 목숨을 부지하게 해주는 것"이라 생각했습니다. 라이트가 다섯 살 때 아버지는 집을 나갔고, 집안은 궁핍했으며, 흑인은 극심한 차별에 시달려야 했습니다. 뭐든 읽고 싶다는 마음에서 라이트는 신문을 읽으려고 신문배달을 시작했습니다. 도서관에서 백인에게만 책을 빌려주자 라이트는 동료의 도서관 카드를 빌려 책을 대출했습니다. 그렇게 가난한 흑인 소년은 작가로 자라납니다. "나는 글을 쓰고 싶었지만 영어도 몰랐다. 영어 문법책을 샀지만 따분했다. 문법이 아닌 소설에서 언어 감각이 늘어 가는 것을 느꼈다."

흑인 해방 운동가 말콤 X가 최초로 쓴 글은 감옥에서 쓴 편지였다고 합니다. 그는 자신이 존경하는 종교 지도자에게 편지를 쓰려고 했지만 문법과 철자도 잘 몰랐습니다. 스물다섯 번이나 고쳐 썼지만 엉망진창이었다고 합니다. 그는 어휘를 늘리려고 사전을 펴들었고 뒤이어 다양한 책을 접하며 독서광이 되었습니다. 이런 독서 이력은 그가 흑인이 처한 불평등한 현실과 맞설 무기가 되었습니다.

태어날 때부터 글을 쓴 사람은 없습니다. 작가를 키우는 건 팔할이 독서라지요. 책을 읽다 보면 무의식적으로 글 쓰는 방법을 습득하거나 흡수하기 마련입니다. 크라센은 많이 읽는 사람일수록 쓰기를 자유자재로 할 수 있기 때문에 '쓰기에 대한 불안감이 적다'고 말합니다. 자꾸 읽다 보면 자연스레 글에 익숙해집니다. 이야기를 풀어내는 방법이나 표현 기술에 능숙해집니다. 전문으로 글을 쓰는 이들의 표현력이 뛰어난 것은 책을 많이 읽어 그 능력을 길렀기 때문입니다. 서평을 쓰면 글을 꼼꼼하게 읽고 글쓰기 기술을 적극적으로 파악하게 됩니다. 서평 쓰기는 작가를 길러 내는 인큐베이터입니다.

5) 나를 만드는 벽돌이 된다

우리는 자신이 무엇을 알고 있는지, 무엇을 말하고 싶은지를 알기 위해 책을 읽고 글을 씁니다. 서평을 쓰면 '나는 이 책을 이렇게 읽었다', '나는 이 책에서 이런 의미를 발견했다'는 점을 밝히게 됩니다. 어떤 책에서 자기 나름의 생각을 펼칠 실마리를 잡는 것이죠.

개성의 본질은 '취향'이라고 합니다. 개성이라는 견고한 특성이 처음부터 있는 것은 아닙니다. 취향의 '흔들리는 폭'이 개성을 만들어 내는 것입니다.

독서는 수동적인 행위라고 생각하기 쉽습니다. 하지만 독자는 저자가 보낸 메시지를 그저 받아들이지만은 않습니다. 독자는 자신의 경험과 생각을 바탕으로 책을 읽고, 제 나름대로 해석해 냅니다. 책을 읽으며 독자는 그 책에서 자기 자신을 발견합니다. 주인공과 자신을 견주어 보기도 하고, 자신이 골몰하던 문제의 해답을 발견하기도 하죠.

일본의 생태학자이자 정보학자 우메사오 다다오는 《지적 생산의 기술》(김욱 옮김, 에이케이커뮤니케이션즈, 2018)에서 이렇게 말합니다. "저자에게 약간 미안한 마음도 들지만 나에게 책은 '미끼'에 불과하다. 이 미끼를 잘 활용해서 내 머릿속의 물고기를 낚아채기 위해 책을 읽는다."

독서의 능동적인 성격을 가장 극대화시킨 것이 '서평'입니다. 타인의 글을 토양으로 삼아 나만의 씨앗을 뿌려 꽃을 피우고 열매를 맺는 과정을 떠올려 보세요. 쓰기는 결국 내 안에 무언가를 모으는 행위입니다. 물론 발산하는 측면도 있지만 단순히 배출이 목적이라면 굳이 글을 쓸 필요도 없이 말로 해버리면 그만입니다. 그런 의미에서 글을 쓰는 것은 에너지를 배출한다기보다는 모으는 쪽에 가깝습니다. 생각을 모아서 내공을 높이는 행위입니다. 서평 '쓰기'는 글쓰기입니다. 자신의 생각과 느낌을 표현하는 일입니다.

같은 책을 읽었어도 사람마다 제각각 달리 봅니다. 서평에서 강조하는 점도 다르지요. 어떤 책에 대해 말하는 것은 자신을 드러내기 위한 방법이 됩니다. '자신'을 발견하고 들여다보는 거울이 되는 셈이죠. 해럴드 블룸(Harold Bloom)은 문학 작품을 읽는 것은 자아를 강화하고 자아의 진정한 관심사를 알기 위해서라고 했습니다. 나를 단단하게 만들고 내가 진정 원하는 것이 무엇인지 알기 위해 책을 읽는다는 것이죠.

개성은 '취향'으로 만들어집니다. 자신이 좋아하고 관심 있는 것을 모아서 독특한 나를 만드는 것이죠. 개성의 어원인 '페르소나(persona)'는 '어떤 것이 되다'는 뜻입니다. 서평은 결국 나를 쓰는 겁니다. 내가 본 것과 생각한 것을 드러내는 것이죠. 같은 책도 사람마다 읽어 내는 방식은 천차만별입니다. 감자로 만들 수 있는 요리가 수백 가지가 넘듯이요. 서평을 쓰다 보면 자신이 어떤 생각을 하는지를 알 수 있습니다. 자기 '관점'을 확인하는 것이죠. 좋아하는 책은 그 나름의 이유를, 싫었던 책은 꺼려졌던 이유를 궁리하면서 자신의 관점을 만들어 가는 것입니다. 이를테면 유토피아를 다룬 책을 읽고 '저자는 유토피아를 이렇게 상상했구나, 그럼 나에게 유토피아란 무엇일까?' 이렇게 저자의 생각과 내 생각을 견주고 비교하면서 나만의 유토피아가 만들어지는 것이죠. 남의 글로 내 관점을 만들어 갑니다. 글쓰기는 자신을 정리하고 문제 해결력을 기릅니다. 책을 붙들고 들여다보면 그 세계가 내 안으로 스며들어와 새로운 세계를 만들어 갑니다. 책들은 내 집을 만드는 벽돌이 되어 줍니다.

6) 독자의 빛과 소금

독자들에게 '미리 읽기'나 '다시 읽기' 경험을 제공하는 것도 서평이 하는 좋은 일입니다. 서평은 자신이 읽은 책을 기록하는 글이며 독자에게 읽히기 위한 글이에요. 독자들은 여러분의 서평으로 책을 '미리 읽어' 볼 수 있어요. 또한 그 책을 이미 읽은 사람들에게는 다른 시각으로 '다시 읽기'를 하는 기회를 마련해 줍니다.

책을 아직 읽지 않은 사람들에게 서평은 '미리 읽기', 즉 책을 미리 맛보는 '시식' 경험을 제공해요. 인터넷 서점 등에서 확인할 수 있는 정보는 제목, 저자, 간단한 책 소개가 고작이에요. 구체적으로 이 책이 어떤지, 읽을 만한지, 독자들은 어떻게 보았는지는 알지 못합니다. 서평은 책 내용을 요약하고 책과 관련된 이야기들, 핵심 메시지, 서평자의 평가 등을 포함하기 때문에 그 책을 읽지 않은 사람들도 책에 대해 충분히 알게 해줘요. 때로는 독자가 해당 책을 읽거나 읽지 않기로 결심하는 데 도움을 줍니다.

책을 이미 읽은 사람들에게 서평은 '다시 읽기', 즉 책을 달리 보게 하도록 합니다. 영화를 보고 사람마다 기억하는 장면이나 느낀 점이 다르듯 한 권의 책을 두고도 각자마다 달리 보겠죠. '어? 나는 이렇게 읽었는데 다르게 볼 수도 있구나.', '응? 이런 의견은 좀 이상한데?' 등 내가 읽은 책에 대해 남이 쓴 서평을 보고 마음속에서 토론을 벌이게 됩니다. 책을 읽고 저자와 대화하고 더불어 독자와 소통하는 셈이죠. 책에 대해 더 풍성하고 깊이 있는 감상이 가능하게 만드는 바탕이 됩니다.

7) 살아가는 힘이 되어 준다

아, 어떻게 해야 하지? 이럴 땐 어떤 선택을 해야 하나? 사람이랑 부대낀다, 사람들이랑 잘 지내고 싶은데.

살다 보면 때론 마음이 흔들리고 혼란에 휩싸이곤 합니다. 살아있는 한 사람은 끊임없이 어떤 문제와 맞닥뜨리게 됩니다. 풀기 어려운 문제가 끊임없이 출몰합니다. 막막합니다. 생각할수록 점점 뒤엉킵니다.

하지만 혼자가 아닙니다. 이전에 당신과 비슷한 고민을 떠안고 골머리를 앓은 사람들이 책을 썼습니다. 글을 쓰는 사람들은 당신처럼 어떤 문제를 붙들고 씨름합니다. 행복이란 무엇일까? 사람의 관계에서 중요한 것은 무엇일까? 살아 있다는 것의 의미는 무엇일까?

책을 펼치면 그들이 고민했던 것, 해결 방법 등이 등장합니다. 남 얘기 같지 않습니다. 자신의 머리로 아무리 상황을 타개할 방법을 모색해 봤자 한계가 있지만 책을 읽으면 수천, 수만 명의 선각자, 선배들의 지혜를 빌려올 수 있습니다.

책은 지도와 같단다. 살다 보면 길을 잃고 혼란스러운 기분이 들 때가 있지. 책을 읽으면 스스로에게 향하는 길이 보이지. 세상에 해결할 수 없는 문제는 없단다. 언제 어디서든 책 속에서 길을 찾을 수 있다는 걸 잊지 마. 답은 책 속에 다 적혀 있어. 책을 많이 읽을수록 힘든 시간을 견뎌낼 길도 더 많이 찾아낼 거야.

– 매트 헤이그, 《에코 보이》, 정현선 옮김, 아이세움, 2005, 383쪽.

책 속의 등장인물도 고민을 하고 방황합니다. 소설책이나 역사 속 인물들은 어떤 위기를 겪었고 어떤 실패를 했음에도 불구하고 살아갑니다. 그들의 시행착오가 독자에게는 빛과 길이 됩니다. "왜 나만 이렇게 힘들게 살아가는 걸까? 다른 사람들은 다 그럭저럭 살아가는 것 같은데." 내 속에 파묻혀 지내면 내가 사는 우물이 전부라고 생각하기 쉽습니다.

서평은 대화입니다. 저자와 독자는 책을 두고 이야기를 나눕니다. 다양한 세계를 만나게 됩니다. 문제를 풀기 위해서는 한 가지 관점에서만 접근하는 것보다는 여러 가지 관점에서 접근하는 것이 압도적으로 유리합니다. 내가 살아온 세계가 전부가 아니며 자신을 둘러싼 세계의 가치관이 절대적인 것은 아니라는 사실을 알게 됩니다. 마음의 평수가 넓어집니다.

우리는 아무것도 모를 때 불안해합니다. 확실한 게 없으니 디딜

곳이 없고 발밑이 자꾸 흔들리는 겁니다. '정보'는 불안을 다스려 줍니다. 나처럼 고민한 사람이 있구나, 이 사람은 이렇게 대처했구나 등을 알면 마음에 위안이 됩니다. 《빌린 책, 산 책, 버린 책》(마티, 2010)에서 장정일은 우리가 책을 읽는 것은 위안을 얻고 교양 있게 보이고 실용지식을 쌓기 위해서가 아니라 "깊이 있게 사고하고 폭넓게 대화하며 정확히 현실을 직시하기 위해서"라고 말합니다. 책은 탈출구나 비상구가 아니라 나의 현실을 들여다볼 수 있게 하는 '창'인 셈입니다. 나와 같은 고민을 한 사람에 대해 쓴책, 고민의 동지가 등장하는 책을 펼치세요. 서평으로 내용을 정리하다 보면 마음이 한결 차분해집니다.

어떤 책에 대해 서평을 쓸 때 책의 구조에 주목하면 현실에서 일어난 짜임이나 구조를 통찰하는 데 보탬이 됩니다. 상황에 휘둘리지 않고 침착하게 판단을 내리는 일도 가능해집니다. 일의 시행착오의 기록에서 알곡만 추려내 내 삶의 길잡이로 삼는 겁니다. 서평을 쓰려면 요약을 해야 합니다. 중요한 것과 중요하지 않는 것을 구별해야 하죠. 책의 뼈대를 발라내야 합니다. '틀'을 파악하는 능력이 길러집니다. 틀을 아는 사람은 일도 척척 해낸다고 합니다. 숲속을 마구잡이로 헤매는 사람과 전체 숲의 모양과 크기를 아는 사람을 떠올려 보세요. 전체 '틀'을 알면 자신이 어디에 있는지, 다음에 어디로 가야 하는지 전망도 섭니다. 또한 전체 '틀'을 보기에 힘을 쏟아야 할 데가 어디인지도 알 수 있습니다. 불필요한 고생을 덜 하고 효율성 있게 일을 처리할 수 있습니다.

세상 모든 문제의 해결 방식은 어찌 보면 간단합니다. 문제가 무엇인지 알고, 그 문제를 풀 방법을 상상해 보고, 해결 방법을 표현하는 것(말이나 행동)입니다. 이를 이해력, 상상력, 표현력이라 할 수 있겠죠. 서평 쓰기는 이 세 능력을 고루 길러 줍니다.

책은 만파식적(萬波息笛)입니다. 바다용이 된 문무왕과 하늘의 신이 된 김유신이 마음을 합쳐 보낸 대나무로 만든 피리, 만파식적은 파도를 가라앉히듯 나라의 모든 근심과 걱정을 해결해 준다고 합니다. 책을 읽고 서평을 쓰면 마음에 출렁이는 불안이 다스려집니다. 뇌에서 정서처리를 맡은 부분을 편도체라고 합니다. 편도체가 흥분하면 마음이 불안해지고 생각이 점점 어두워진답니다. 뇌신경 전문의에 따르면, '언어 정보'가 들어오면 편도체의 흥분이 억제되고 잇따르던 부정적인 감정도 누그러든다고 합니다. 읽고 쓰기가 마음을 차분하게 해준다는 뜻이죠. 기분이 한결 나아지고 갈팡질팡하던 마음도 제자리를 찾는다고 합니다. '언어'는 불안한 마음이 붙드는 지팡이가 됩니다.

신경심리학자 데이비드 루이스 박사는 서섹스 대학교 연구팀과 스트레스 해소 방법을 연구했습니다. 스트레스를 받아 심장박동이 빨라지고 근육이 뭉친 사람들에게 몇 가지 스트레스 해소 방법을 제시했습니다. 음악 감상, 커피 한 잔, 게임, 독서, 산책 중 스트레스 해소에 가장 효과적인 방법이 무엇인지를 알아 내기 위해, 연구팀은 심박수나 근육 긴장도를 측정했습니다. 그 결과는 다음과 같았습니다.

5위 게임 21%

4위 산책 42%

3위 커피 54%

2위 음악 감상 61%

1위 독서 68%

조용한 곳에서 약 6분 정도 책을 읽으면 스트레스가 68% 감소하고 심박수는 줄어들며 꽁꽁 얼어붙었던 몸도 풀어집니다. 책은 마음의 비타민입니다.

책을 읽는 것으로 마음은 한층 차분해지고 활력도 생깁니다. 서평 쓰기를 통해 삶의 지혜를 나의 것으로 만들어 내 삶의 지도를 그립니다. 좌절하거나 절망에 빠졌을 때 대처하고 극복하는 길을 스스로 만들어 가는 것입니다.

8) 세상에 새로운 가치관을 더해 준다

> 한 권의 책을 읽음으로써 자신의 삶에서 새 시대를 본 사람이 너무 많다.
>
> — 헨리 데이비드 소로우

이 책에 이런 의미도 있구나. 이 책을 이렇게 볼 수도 있구나.

서평 쓰기는 의미를 발견하고 가치를 만들어 내는 작업입니다. 새로운 것을 만들어 내는 것만이 창조는 아닙니다. 있던 것에서 이제껏 발견되지 않는 '의미'를 찾아내는 것도 창조입니다.

내가 지금 쓰는 '서평'은 여태껏 세상에 없던 글입니다. 서평을 쓰는 순간 세상에 새로운 생각이 더해집니다. 이 책을 이렇게도 볼 수 있다는 사실을 알려 주는 것이죠.

서평 쓰기는 보물찾기입니다. 어떤 책의 의미를 발견하고 가치를 찾아 주는 일입니다. 서평 쓰기는 헐뜯기가 아닙니다. 그 책이 무엇을 말하려고 했는지 잘 들어 주는 것입니다. 귀가 먼저, 다음이 입입니다. '비평'을 한다며 남의 작품에서 의미를 찾기보다는 무턱대고 흠잡을 데만 찾아내면 곤란합니다. 어떤 서평은 그 책을 잘 들여다보기보다는 '나는 이렇게 작품 보는 눈이 있다', '나는 이렇게 대단한 생각을 하고 있다.'는 것을 내세우려고 남의 책을 먹

잇감으로 삼는 경우도 있습니다. 무엇을 '창조'하기보다는 깎아내리는 일이 더 쉽습니다. 물론 모든 책이 다 입맛에 맞거나 훌륭하지는 않습니다. 책에 아쉬운 점이 있다면 무조건 깎아내릴 것이 아니라 주장을 뒷받침하는 근거를 찾아야 합니다.

그러기 위해서는 책과 깊숙이 대화를 나눠야 합니다. 내가 이해할 수 없거나 동의하지 못하는 대목을 만나기도 합니다. 그럴 때는 무작정 거부하기보다는 '왜?'라는 의문을 달아 봅니다. 나와 다른 이질적인 세계와 적극적으로 부딪치는 겁니다. 그러면 '자기 세계'에서 빠져나올 수 있습니다. 자기가 아는 것, 자기가 믿는 것이라는 우물에 빠진 사람은 사고가 정지되어 있게 마련입니다. 책을 읽고 대화를 나누다 보면 자신의 세계가 전부가 아니라는 것을 알아 갑니다. 나는 옳고 다른 건 그르다는 생각이 부끄러워집니다. 다양한 책을 폭넓게 읽으며 이해력을 기르고 서평을 쓰다 보면 다양한 삶의 방식을 맛보는 넉넉한 태도가 길러집니다.

독서는 내가 아는 것을 '확인'하기 위해 하는 것이 아닙니다. 나와 다른 주장, 내가 몰랐던 것, 상반된 주장 들을 받아들이고 세상이나 사람이 모순되고 복잡하다는 걸 알아 가는 과정입니다. 이 모순과 혼돈을 마음에 공존시킬 수 있는 힘을 기르는 것이 독서의 역할입니다. 좋은 책은 읽는 사람을 변하게 만듭니다. 작가는 자신이 생각하는 '가치'를 전달하여 독자가 원래 갖고 있던 가치관을 변화시키기를 바랍니다.

하나만 아는 사람, 하나가 전부라고 생각하는 사람은 부서지기 쉽습니다. 자기가 가진 한 가지만을 고집한다면 그것이 파괴되었을 때 강한 충격을 받게 됩니다. 독서의 폭이 좁으면 한 가지만 절대시하게 됩니다. 교양이 있다는 것은 폭넓은 독서로 종합적인 판단을 내릴 수 있다는 것을 의미합니다. 내가 가졌던 생각을 흔드는 책을 읽으면 나의 세계가 넓어집니다. '나는 인간이 만물의 지배자라고 굳게 믿었다. 다른 존재는 인간의 도구로 활용된다.' 하지만 책을 읽으면 식물에서 동물, 무생물까지 각자의 자리와 존재 가치를 가진다는 걸 알게 됩니다. '나는 세상에는 단 하나의 선(善)이 존재하고 이런 선에 맞서는 것은 모두 악(惡)이라고 생각했다.' 하지만 여러 책에서 다루듯 '선과 악'은 그렇게 딱 잘라 나눌 수 없는 것입니다. 사람은 상황에 따라 변할 수 있는 존재이고, 선악은 고정된 것이 아닙니다. '나는 경쟁에서 이기는 것이 중요하다고 배웠다. 고로 패배자는 살아갈 가치가 없다.' 하지만 인생의 목적을 승패에 두지 않는 소설 속 등장인물을 만나거나 인생이 경쟁에 아닌 연대로 이루어진다는 작품을 만나면 생각이 변합니다.

갈등과 모순이 부딪치며 나선 모양으로 천천히 길을 만들어 가는 것을 우리는 성장이라고 합니다. 책 속의 인물들은 방황합니다. 내가 누군지, 세상은 어떤 곳인지 계속 생각합니다. 책을 읽다 보면 그 방황을 따라가게 됩니다. 나는 왜 이렇게 우울하지? 그런데 어떤 때는 왜 이렇게 즐겁지? 뭐든 할 수 있을 것 같다가도 왜 아무것도 못할 것 같다는 생각이 들지? 나는 왜 사람이 싫었다가 좋았다가를 거듭하지? 나는 왜 이렇게 못된 생각을 하지? 내가 밉살맞다. 책 속의 인물을 통해 우리는 자신을 바라보는 창을 얻게 됩니다.

모순되고 복잡한 사실을 받아들이는 것, 독서로 기를 수 있는 것이 바로 이 복잡성의 공존입니다. 사람은 누구나 갈등과 모순을 끌어안고 삽니다. 이것을 인정하면 자기 자신을 있는 그대로 받아들일 수 있습니다.

뛰어난 사람과의 대화로 사람은 종합적으로 성장합니다. 주변에 그런 사람이 늘 있는 것은 아닙니다. 하지만 책을 펴면 지금 이 세상에 없는 사람에게서도 훌륭한 가르침을 들을 수 있습니다. 뛰어난 사람과의 만남은 향상심을 길러 주고 인간성을 높여 줍니다. 서평으로 우리는 '거인의 어깨에 올라앉게' 됩니다.

한번 책에 빠지면 다른 세계에, 책 속에 있기 때문이다…… 놀라운 일이지만 고백하지 않을 수 없는 것이, 그 순간 나는 내 꿈속의 더 아름다운 세계로 떠나 진실 한복판에 가닿게 된다. 날이면 날마다, 하루에도 열 번씩 나 자신으로부터 그렇게 멀리 떠날 수 있다는 사실이

신기할 따름이다. 그렇게 나는 스스로에게 소외된 이방인이 되어 묵묵히 집으로 돌아온다. 그날 찾아낸 수많은 책들, 내 가방 속에 든 책들 생각에 골몰해 길을 걷는다. 전차와 자동차와 보행자 들을 피해가면서, 녹색 등이 켜지면 기계적으로 길을 건넌다. 행인이나 가로등과 부딪치는 일도 없이 걸어간다. 몸에서 맥주와 오물 냄새가 나도 내 얼굴에 미소가 떠오르는 건, 가방에 책들이 들었기 때문이다. 저녁이면 내가 아직 모르는 나 자신에 대해 일깨워줄 책들. 시끌벅적한 거리를 걸으면서도 빨간불에 길을 건너는 법이 없다.

 — 보후밀 흐라발, 《너무 시끄러운 고독》, 이창실 옮김, 문학동네, 2016.

2장

읽기 전에 팔랑팔랑

1. 책이 입은 옷, 표지 훑어보기

본격적으로 책의 내용을 살피기 전에 '책'을 훑어볼까요? 팔랑팔랑은 제한 시간을 두고 이 책은 무엇에 대해 쓴 것인지, 구성은 어떤지를 파악하는 것입니다. 책을 '시식'하는 단계입니다.

이 단계에서는 '파라 텍스트(paratext)'에 주목합니다. 책은 종이 뭉치를 표지로 감싼 물질입니다. 내용이 몸뚱이면, 표지는 책을 감싼 외투입니다. 책의 본문을 '텍스트'(씨실과 날실을 엮어 만든 옷감에서 나온 말)라고 한다면, 이 본문 이외의 것들을 '파라 텍스트'라 부르는 것이죠.

그리스어 파라(para)는 '~를 넘어', '반대쪽에'를 이르는 접두어입니다. 책의 본문 이외에 책을 둘러싼 모든 정보가 파라 텍스트로 묶입니다. 표지, 출판사, 저자 이력, 띠지, 표지 뒤편의 추천사 등 다양한 정보를 아우릅니다. 이런 파라 텍스트는 책의 내용을 어림짐작할 수 있는 중요한 정보를 줍니다. 표지를 둘러싼 띠지, 책 뒤편의 추천사 등도 책의 내용을 넌지시 알려 줍니다. 표지를 들추면 등장하는 저자 이력, 속표지, 장르 표시, 서문, 발문도 책을 소개합니다. 책의 끄트머리에 붙은 해설, 작가의 말, 옮긴이의 후기도 파라 텍스트에 해당하죠.

파라 텍스트는 책의 내부와 외부에서 그 책을 독자와 연결시키

청소년을 위한 후다닥 서평 쓰는 법

는 징검돌 노릇을 합니다. 보르헤스라는 작가는 파라 텍스트를 '대기실'이라 불렀습니다. 책으로 본격적으로 들어가기 전에 머무는 영역인 것입니다.

1) 이 책의 이름은?

책을 쓰는 사람들은 제목 붙이기에 공을 들입니다. 책의 첫인상을 결정짓는 화룡점정, 전체 내용을 압축하는 필살 한 줄. 제목은 작가의 중심 주제를 보여 주는 거울입니다. 제목을 보며 책의 내용을 짐작해 볼까요?

존 그린 지음, 김지원 옮김, 《잘못은 우리별에 있어》, 북폴리오, 2019.

제목이 알쏭달쏭합니다. '잘못은 우리별에 있어'라니요? 별이 무슨 잘못을 했다는 걸까요? 지구 이야기일까요? 기후 위기나 생태를 다룬 책일까요?

16세 소녀 헤이즐은 말기 암환자입니다. 다른 십 대와 달리 화장품 대신 산소 탱크를 상비해야 합니다. 유머감각이 뛰어난 아이이지만 번번이 우울해집니다. 아직

스미노 요루 지음, 양윤옥 옮김, 《너의 췌장을 먹고 싶어》, 소미미디어, 2023.

어린데 곧 죽어야 하다니 억울합니다. 왜일까? 내가 무슨 죄를 짓기라도 한 걸까? 그렇게 우울해하는 헤이즐에게 아빠는 잘못은 네가 아니라 우리별에 있다고 말해 줍니다. 이 소설의 제목에는 헤이즐의 상황과 그런 절박한 상황에 처한 사람을 다독여 주려는 마음이 담겨 있습니다.

《너의 췌장을 먹고 싶어》는 표지 없이 제목만 보면 호러 소설 같아요. 사람을 먹는 괴물이 등장할 것 같죠. 그런데 이 소설은 절절한 사랑 이야기예요. 책을 다 읽고 나면 이 무시무시한 제목이 가슴 아프게 다가올 거예요.

제목은 짧지만 많은 것을 알려 줍니다.

인물: 《유원》, 《완득이》, 《몽실 언니》, 《데미안》
사물: 《아몬드》, 《구덩이》, 《수상한 진흙》
사건: 《페인트》, 《노 휴먼스 랜드》, 《어느 날 난민》, 《이름 없는

너에게》

장소: 《위저드 베이커리》, 《달러구트 꿈 백화점》, 《불편한 편의점》

시간: 《오백년 째 열다섯》, 《1945 철원》, 《화요일의 두꺼비》

텍스트 샘플: 《푸른 늑대의 파수꾼》, 《호밀밭의 파수꾼》

주제: 《나는 죽지 않겠다》, 《산책을 듣는 시간》

책의 주요 설명 대상인 '핵심 개념'에 주목하여 그것을 잘 풀어주면 서평 쓰기에 도움이 됩니다.

《사피엔스》

《정의란 무엇인가》

《피로사회》

《유머니즘》

《리바이어던》

반면, 독자를 끌어들이는 알쏭달쏭한 제목도 있죠. 책을 다 읽었고 의미를 알게 되었을 때 감동을 전해 줍니다.

《잘못은 우리별에 있어》

《너의 췌장이 먹고 싶어》

《체리새우: 비밀글입니다》
《전쟁은 여자의 얼굴을 하지 않았다》

큰 제목 아래 살며시 붙은 '부제'도 책의 내용을 이해하는 데 보탬이 됩니다. 부제는 제목보다 좀더 길고 설명적인 내용으로 전문적인 책에서 주로 사용합니다.

《생각하지 않는 사람들》 – 인터넷이 우리의 뇌 구조를 바꾸고 있다
《해커, 광기의 랩소디》 – 세상을 바꾼 컴퓨터 혁명의 영웅들
《바이올리니스트의 엄지》 – 사랑과 전쟁과 천재성에 관한 DNA 이야기
《공감》 – 창의적으로 생각하고 창의적으로 실행하는 법
《뇌를 훔치는 사람들》 – 누군가 당신의 머릿속을 들여다보고 있다

제목이 툭, 던져 놓는다면 부제는 자상하게 책의 내용을 일러줍니다. 전체 내용을 압축한 경우가 많아 책을 읽을 때나 서평 쓸 때 '골격'을 잡는 데 기여합니다.

• 매력적인 제목 + 내용을 집약한 부제
황선도, 《우리가 사랑한 비린내》 – 해양생물학자가 우리 바다에

서 길어 올린 풍미 가득한 인문학 성찬

캐시 오닐, 《대량살상수학무기》 - 어떻게 빅데이터는 불평등을 확산하고 민주주의를 위협하는가

데이비드 버스, 《이웃집 살인마》 - 진화 심리학으로 파헤친 인간의 살인 본성

와타나베 기요시, 《산산조각 난 신》 - 어느 태평양전쟁 귀환병의 수기

부제는 이 책이 전달하고자 하는 내용을 집약합니다. 서평의 '요약'하는 부분을 작성할 때 유용합니다.

• 질문형 제목

장 지글러, 《왜 세계의 절반은 굶주리는가?》

마이크 센델, 《정의란 무엇인가》

알랭 드 보통, 《왜 나는 너를 사랑하는가》

오찬호, 《그 남자는 왜 이상해졌을까?》

데보라 태넌, 《엄마, 왜 나한테 그렇게 말해?》

박현희, 《백설 공주는 왜 자꾸 문을 열어 줄까?》

다장쥔궈, 《나는 왜 작은 일에도 상처받을까?》

김현희, 《왜 학교에는 이상한 선생이 많은가》

오카다 다카시, 《나는 왜 저 인간이 싫을까?》

토마스 프랭크, 《왜 가난한 사람들은 부자를 위해 투표하는가?》

백설희·홍수민, 《마법 소녀는 왜 세상을 구하지 못했을까》

멜라니 조이, 《우리는 왜 개는 사랑하고 돼지는 먹고 소는 신을까》

마이클 셔머, 《왜 사람들은 이상한 것을 믿는가》

안현효, 《우리는 왜 구글에 돈을 벌어주기만 할까》

웬델 월러치·콜린 알렌, 《왜 로봇의 도덕인가》

"오늘 급식, 맛있었어요?"하고 물으면 여러분은 오늘 먹은 급식 메뉴를 기억하고 맛있었는지 없었는지를 생각해서 답을 떠올릴 거예요. 사람은 질문을 받으면 반사적으로 대답을 하게 됩니다. 이처럼 질문은 듣거나 읽는 사람의 생각을 불러일으키는 힘이 있습니다.

이런 질문형 제목은 주로 공감할 만한 의문을 포함하여 독자의 호기심을 불러일으킵니다. '문제 제기'를 하는 부분이므로, 책을 읽을 때 작가가 이런 질문에 어떤 '답'을 냈는지를 유심히 보시면 책의 알곡이 추려집니다.

• **내용 집약형**

유발 하라리, 《21세기를 위한 21가지 제언》

리처드 파인만, 《파인만의 여섯 가지 물리 이야기》

김서윤, 《토요일의 심리 클럽》

김원아, 《예의 없는 친구들을 대하는 슬기로운 말하기 사전》

이영숙, 《식탁 위의 세계사》

내용 집약형 제목을 매단 책은 제목이 담아낸 내용을 잘 정리하면 좋아요. 이를테면 《식탁 위의 세계사》는 '음식을 통해 세계사와 역사 속 인물을 흥미롭게 전달하는 책이다.'라는 식으로요.

• 주제를 정리한 책

기시미 이치로·고가 후미타케, 《미움받을 용기》

강상중, 《고민하는 힘》

수전 손택, 《은유로서의 질병》

책의 주제가 제목으로 제시된 경우에는 책의 핵심 메시지를 파악하기 수월합니다. '미움받을 용기'는 누군가에게 기대고 눈치를 보지 말고 스스로 당당히 서고 자신을 책임질 용기를 내라고 말합니다. '고민하는 힘'은 고민이 살아가는 힘이 된다고 말하고 있죠. 이렇게 저자가 주제를 집약해 보여 주면, 핵심 메시지에 귀를 기울이고 그 주장을 펼치기 위해 어떤 근거를 들었는지를 살피고 그에 대한 자신의 입장을 밝히는 방식으로 서평을 작성하는 것이 좋습니다.

• 개념 집약

김찬호, 《모멸감》

한병철, 《피로사회》

제러미 벤담, 《파놉티콘》

이광석, 《디지털 폭식 사회》

요한 하위징아, 《호모 루덴스》

책에서 다루는 핵심 개념을 전면에 내세우는 경우도 있습니다. 이때는 그 '개념'이 의미하는 바를 정리하면 책의 줄기가 잡힙니다. 이를테면 파놉티콘(Panopticon)의 어원은 그리스어로 '모두'를 뜻하는 'pan'과 '본다'를 의미하는 'opticon'을 합친 것으로, 소수의 감시자가 자신을 드러내지 않고 모든 수용자를 감시할 수 있는 감옥 형태를 의미합니다. '디지털 폭식'이란 디지털 기술이 넘쳐나고 지나치게 힘을 발휘하는 상황을 '폭식'에 비유해 표현한 개념입니다. 이렇듯 개념이나 용어를 내세운 책은 그 개념이나 용어를 파악하고 차분히 요약하면 책의 심장을 드러내는 데 도움이 됩니다.

제목을 볼 때의 포인트는, 왜 이런 제목을 붙였는가를 묻는 것입니다. 그 답을 구하는 과정에서 서평의 얼개가 짜이기도 합니다.

2) 표지는 무엇을 말하는가

"표지는 단순히 책이 입는 첫 번째 옷일 뿐만 아니라 첫 번째 시각적 해석 혹은 출판사의 견해와 갈망이 담긴 홍보용 해석이며, 작가와 독자 사이에 다리 역할"을 합니다(줌파 라히리, 《책이 입은 옷》, 이승수 옮김, 마음산책, 2017).

표지 디자이너는 최초의 독자이자 가장 중요한 독자라고 합니다. 북 디자이너의 표지 이야기를 담은 《커버》(피터 멘델선드 지음, 박찬원 옮김, 아트북스, 2015)의 소개 글에서 표지 디자이너는 "가장 철저한 독자"이며, 그들의 역할을 "문자 그대로 독서라는 본질적 행동을 하는 것이다. 즉, 책의 껍질 속을 꿰뚫어 보고 그 책의 토대를 정확히 찾아 보여 주는 것이다."라고 합니다.

세상에 쏟아져 나오는 수많은 책은 독자의 관심을 끌고 마음을 사로잡고자 합니다. 표지 디자인은 단지 책에 옷을 입혀 주는 것이 아니라 책의 본질이나 핵심을 포착하여 형태와 색깔로 압축합니다.

표지 디자이너가 표지의 '주제'를 선택하는 방법은 서평 쓰기에도 보탬이 됩니다. 《커버》에서 북 디자이너가 픽션 재킷을 선택하는 카테고리는 다음과 같습니다.

1. 인물
2. 사물
3. 사건
4. 장소
5. 시간
6. 텍스트 샘플(텍스트 한 줄에 딱 들어맞는 이미지를 넣는다.)
7. 느낌 또는 분위기
8. 모든 것을 혼합하기(줄거리의 요점 등 위에 나온 모든 카테고리를 넣
   는다.)
9. 논지(책의 커다란 주제 아이디어를 표시해 넣는다.)

북 디자이너가 테마를 찾기 위해 활용하는 인물, 사물, 사건, 장소, 시간, 텍스트 샘플(인용구), 느낌 또는 분위기, 모든 것을 혼합하기, 논지 등은 서평을 쓸 때 포인트로 삼아도 좋은 항목이기도 합니다.

다음은 로이스 로리(Lois Lowry)의 《기억 전달자》의 표지입니다.

(1)   (2)   (3)

같은 책인데 표지는 제각각이죠. 북 디자이너가 무엇을 중심에 두었느냐에 따라 표지가 달라집니다. (1)는 이 소설에서 중요한 소재인 '사과'를 중심에 두었죠. 서양 역사에서 사과를 중요한 의미를 띱니다. 성경에 나온 사과, 윌리엄 텔의 사과, 튜링의 사과, 스티브 잡스의 사과. 이렇게 풍성한 역사를 품은 사과를 덩그마니 놓아둠으로써, 이 소설이 시간이 흘러도 이어지는 것이 있다라는 의미를 표현하고 싶어 했는지도 모릅니다. 또한 아무것도 없이 사과만 덜렁 놓여 있으니 호기심을 자극하기도 하죠.

(2)는 이 소설의 핵심 내용인 '전달'을 중심에 뒀습니다. 제목에도 나오듯 이 책은 세대와 세대 사이, 사람과 사람 사이의 전달을

말하고 있어요. 북 디자이너는 그 전달을 손과 손의 이어짐으로 표현했습니다. 건네주는 '눈송이'는 이 소설의 말미에서 등장하는 아주 중요한 소재예요. 반짝이는 눈송이는 스포일러 기능을 하면서 눈길을 잡아끌죠.

(3)은 (1)과 (2)를 합쳐 놓았네요. 어쩐지 착하고 지혜로울 것 같은 할아버지의 얼굴을 내세우고 책의 핵심 소재인 사과를 곁들였어요. 책이 말하고자 하는 바를 표지에 다 담아내려고 했지요. 다음으로 한국에서 나온 책의 표지를 살펴볼까요?

(1)   (2)   (3)

(1)은 초기에 나온 표지예요. 중요 인물인 할아버지의 얼굴이 전면에 등장하죠. 그런데 좀 무섭다는 인상도 줍니다. (2)의 표지는 한결 부드러워졌어요. 주인공 남자아이가 자전거를 타는 모습이

청소년을 위한 후다닥 서평 쓰는 법

보이네요. 책을 다 읽으면 저 자전거 짐받이에 실린 상자가 어떤 의미인지 알게 될 거예요. (3)는 30만 부 기념 개정판답게 금빛으로 화려합니다. 이 소설의 중요 소재인 사과 속에 주요 배경인 마을을 넣어 주었어요.

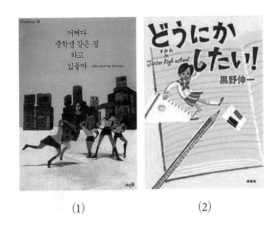

(1)   (2)

앞의 두 표지 중 어느 쪽이 마음에 드세요? 구로노 신이치가 쓴 《뭔가 하고 싶어! 스미레(どうにかしたい!―すみれ)》라는 일본 소설인데 한국판 표지와 일본 원작 표지가 영판 다릅니다. 표지 (1)을 보면 재미난 내용이 펼쳐질 것 같고 (2)를 보면 갈 길을 찾아 방황하는 아이의 이야기가 나올 것 같죠. 이렇듯 한 가지 내용을 두고도 어떻게 해석했느냐에 따라 표지는 제각각입니다.

표지는 책의 내용을 한 장으로 압축한 '그림'입니다. 텍스트를 시각적으로 해석한 결과물입니다. 줌파 라히리는 《책이 입은 옷》(이승수 옮김, 마음산책, 2017)에서 책을 감싸는 외투 같은 표지와, 몸에 맞지 않는 거추장스러운 옷과 같은 표지에 대해 말합니다. 때로 표지는 미적인 목적보다는 상업적 목적에 휘둘릴 수 있다며 표지 없이 벌거벗어 작가의 목소리부터 대뜸 만나게 하는 책에 대해 말합니다. 현란한 표지에 이끌려 무작정 책을 구입했다가는 낭패를 볼 수도 있습니다. 표지는 다만 하나의 해석일 따름입니다. 외관에 이끌려 한 사람을 정의해 버리면 난감해지는 것처럼 표지의 화려한 문구나 그림을 액면 그대로 믿지 말아야 할 것입니다.

3) 띠지는 필살기

배에 띠를 두른 책을 볼 때가 있습니다. 띠지는 원래 "지폐나 서류 따위의 가운데를 둘러 감아 매는 가늘고 긴 종이"를 뜻합니다. 책의 하단에 감긴 띠지에는 책의 내용이 응축되어 있어요. 독자가 이 책을 택하길 바라는 출판사의 필살기입니다. 띠지에는 주로 글의 홍보 문구와 핵심 문장이 적혀 있습니다. 띠지는 트렌드와 독자의 욕구나 니즈에 호소하는 부분이 많아서 지금 이 시대를 읽는 중요한 바로미터가 되기도 합니다. 무엇보다 띠지는 책에 대해 알기 쉬운 압축 설명입니다.

정상우의 《편집의 발명》(지식의날개, 2010)에 나오는 '띠지'의 성격은 대략 다음과 같습니다.

1. 후광효과: 흥행작가나 문학상의 권위를 내세우거나 유명인을 추천자로 내세움. ('빌 게이츠 추천 도서')
2. 독자의 욕망을 드러냄: 독자의 마음을 건드려 구매심리를 자극. ('지루함을 못 참는 이들을 맞춤형 공부법')
3. 독자 욕구를 자극: 당장의 필요보다는 좀더 근본적인 욕망을 건드림. ('하버드 학생들도 몰랐던 천재 교수의 단순한 공부 원리')
4. 호기심을 자극: 질문을 던지거나 정보를 슬쩍 흘림. ('접착제처럼 강력한 메시지는 어떻게 만들어지는가?')
5. 짧은 경구(아포리즘): 짧은 문구로 독자의 가슴에 직구를 던짐. ('기분은 선택할 수 없지만 태도는 선택할 수 있다')
6. 작가의 목소리: 작가의 목소리로 적거나 책의 중요 구절을 따옴. ('나에게 독서란 책이 아니라, 사람을 남기는 일')
7. 시의성: 책과 관련한 중요한 사항을 알려줌 ('영화화 결정', '드라마의 소품으로 이용')

띠지는 책의 중요한 마케팅 포인트입니다. 독자는 깐깐한 소비자로 띠지에 오른 내용을 따져 볼 필요가 있습니다. 띠지에 박힌 수상작, 베스트셀러, 추천이나 인증을 곧이곧대로 믿어야 할까요? '상'도 어떤 상인지, 과연 공신력이 있는 상인지 살펴볼 필요가 있습니다. '베스트셀러'라면 어떤 게 베스트셀러일까요? 베스트셀러라고 해도 꼭 읽을 가치가 있는지 따져 봐야 합니다. 저자가 속한 협회의 인증이라거나 들어보지 못한 단체의 인증은 의심해 볼 필요가 있습니다.

4) 책의 고향과 소속은?

출판사마다 색깔이 제각각입니다. 출판사마다 주로 다루는 전문 분야를 파악하면 책의 성격도 짐작할 수 있습니다. 이를테면 '보리 출판사'는 자연을 중심에 둔 교육 전문 출판사이며, '이학사'는 철학 전문 출판사, '효형출판'이나 '학고재'는 예술서적 전문 출판사입니다. 대형출판사의 경우에는 임프린트(Imprint, 출판사 내의 독립된 브랜드)마다 색깔을 달리하기도 합니다. 이를테면 민음출판그룹은 민음사(문학·인문)를 비롯해 비룡소(아동), 황금가지(대중서), 사이언스북스(과학), 황금나침반(논픽션), 민음in(교양), 세미콜론(예술) 등의 브랜드로 영역을 구분합니다.

장르 표시도 살펴볼 필요가 있죠. 장르(genre)는 일종의 분류법으로, 책의 내용을 짐작케 하며 독자의 기대를 불러일으키는 역할을 합니다. 자신이 읽는 책의 종류를 파악하는 것이 좋습니다. 그에 따라 정보를 얻기 위한 독서인지, 이해를 하기 위한 독서인지 목적을 정하는 것입니다.

《은어 낚시 통신》이란 제목만 봐서는 이 책이 문학서인지 낚시에 대한 취미 서적인지 가늠하기 어렵습니다. 이럴 경우 책이 꽂힌 자리를 보면 답을 찾을 수 있습니다. 인터넷 서점의 분류 방식이나 도서관의 십진법 분류도 유용합니다.

한국십진분류법(KDC, Korean Decimal Classification)는 지식의 모든 분야를 우선 1에서 9까지로 분류하고, 그 어디에도 수록하기 어려운 백과사전·연감 등 전반적인 도서를 0(총류)로 하여 제일 앞에 둡니다. 따로 분류되는 'R'은 참고도서 reference를 의미합니다.

000 총류	100 철학	200 종교	300 사회과학
010 도서학, 서지학 020 문헌정보학 030 백과사전 040 강연집, 수필집, 연설문집 050 일반 연속간행물 060 일반 학회, 단체, 협회, 기관 070 신문, 언론, 저널리즘 080 일반전집, 총서 090 향토자료	110 형이상학 120 130 철학체계 140 경학 150 아시아(동양)철학, 사상 160 서양철학 170 논리학 180 심리학 190 윤리학, 도덕철학	210 비교종교학 220 불교 230 기독교, 천주교, 유대교 240 도교 250 천도교, 단군교, 대종교 260 신도 270 바라문교, 인도교 280 회교(이슬람교), 조로아스터교 290 기타종교	310 통계학 320 경제학, 경영학 330 사회학, 사회복지, 사회문제 340 정치학, 외교학 350 행정학 360 법학 370 교육학 380 풍속, 민속학, 예절 390 국방, 군사학

(표 계속)

400 순수과학	500 기술과학	600 예술	700 언어
410 수학	510 의학, 약학,	610 건축술	710 한국어
420 물리학	한의학, 보건학,	620 조각	720 중국어
430 화학	간호학	630 공예, 장식미술	730 일본어
440 천문학	520 농학, 수의학,	640 서예	740 영어
450 지학	수산학	650 회화, 도화,	750 독일어
450 광물학	530 공학, 공업	판화	760 프랑스어
460 생명과학	일반, 환경공학	660 사진술	770 스페인어
470 식물학	540 건축공학	670 음악, 국악	780 이탈리아어
480 동물학	550 기계공학, 군	680 연극, 영화,	790 기타 어학
	사공학, 원자핵	무용	
	공학	690 오락, 운동	
	560 전기공학, 전		
	자공학, 컴퓨터		
	570 화학공학, 식		
	품공학		
	580 제조업, 인쇄술		
	590 가사, 가정학		

800 문학	900 역사
810 한국문학	910 아시아
820 중국문학	920 유럽
830 일본문학	930 아프리카
840 영미문학	940 북아메리카
850 독일문학	950 남아메리카
860 프랑스문학	960 오세아니라
870 스페인문학	970 양극지방
880 이탈리아문학	980 지리, 관광
890 기타 문학	990 전기, 족보

한편 대형 서점에서 서점의 특성에 맞게 자체적으로 분류 체계를 정하는 일도 있습니다. 독자의 수요에 맞춰 분류 방식을 달리하는 것입니다. 다음은 교보 문고의 매장 분류 방식입니다.

1. 사전, 잡지

2. 중고 학습서

3. 자연과학

4. 기술과학

5. 컴퓨터, 전기, 전자

6. 외국어

7. 예술, 체육, 취미실용서

8, 9, 10. 외국 서적

11. 법률, 정치, 사회

12. 경제, 경영

13. 인문과학

14. 소설

15. 비소설

16. 유아, 여성

17. 어린이

18. 종교

서점의 매장은 이런 분류 방식에 따라 배치됩니다. 식구들끼리 모여 있죠. 자신이 읽은 책이 전체에서 어디에 속하는지를 파악하면 책의 정체가 보입니다.

5) 책의 뒷모습

　사람의 마음은 앞모습보다 뒷모습이 더 잘 말해 준다고 합니다. 책의 뒷모습은 책을 집어 들었을 때만 볼 수 있습니다. 끌리는 책이나 읽고 싶은 마음이 들게 하는 책만이 뒷모습을 선보일 수 있습니다. 책이 독자의 품에 들어가기 직전 단계이기에, 망설임에 쐐기를 박기 위한 오만가지 방법이 동원됩니다. 하여 책의 뒷모습은 다양합니다. 추천 글귀, 발췌문, 광고문 등 무엇이든 책의 인상을 결정지을 방법이 활용됩니다. 뒤표지는 앞표지에 비해 글자가 많이 들어가서 풍성한 '정보'로 독자를 끌어당깁니다. 뒤표지를 읽어 볼 정도라면 일단 그 책에 관심이 있는 것이라고 판단하여 불필요한 과장 없이 내용의 핵심을 전하거나 발췌문을 수록하는 경우가 많습니다. 책 뒤에 짤막하게 붙은 추천 글귀는 내용을 이해하는 데 도움을 줍니다. 대개 이 책과 관련한 전문가나 유명인사 등이 이 책을 왜 추천하는지, 이 책의 의미가 무엇인지를 간략하게 알려 줍니다. 추천사 자체가 한 편의 서평이지요. 때로는 옮긴이의 말 혹은 책의 핵심 구절 등을 옮겨 쓰거나 이 책의 매력을 조금 긴 글로 뽑아 적어 두기도 합니다. 정보량이 만만치 않고 책의 알곡을 모아 둔 부분이라 서평의 방향을 설정하는 데 도움이 됩니다.

옥타비아 버틀러의 《블러드차일드》(이수현 옮김, 비채, 2016) 뒤 표지에는 작가에 대한 소개, 책이 받은 상(휴고상과 네뷸러상 동시 수상작), 책의 대략 내용, 관련 분야 전문가의 한 줄 서평('유니크한 작가의 탄생 과정'이 고스란히 담긴, 완벽한 앤솔러지!), 책의 중요 부분 발췌 등이 실려 있어 이 책을 선택하려는 독자에게 도움을 줍니다.

마르셀 파이게의 《판타스틱 6》(이상희 옮김, 위즈덤피플, 2011)는 옮긴이가 쓴 글을 통해 책의 대강을 정리합니다. 판타스틱한 작가 6명의 이름은 가린 채, 그들에 관련된 정보를 슬쩍슬쩍 보여 주어 (유부남 시인과 달아난 10대 소녀, 자의로 시작한 일이었지만 결국 스타 연극배우에게 복잡한 애증을 품게 된 매니저, 영국의 신화를 창조하려 했던 옥스퍼드의 언어학 교수, 생각하는 바다를 꿈꾸었던 폴란드의 의학도, 평생 캘리포니아 안을 빙빙 돌며 파괴된 현실을 꿈꾸었던 장르 소설 작가, 자신의 장르를 메가 베스트셀러의 영역으로 끌어올린 호러 작가) 호기심을 자극해 독자를 잡아끕니다. 또한 띠지에 실린 SF 소설 작가 듀나(DJUNA)의 짧은 글은 독자에게 책의 매력과 의미를 잘 전달하는 서평의 예로 삼기에 좋습니다.

2. 표지를 들춰 훑어보기

책장을 들춰 안쪽을 살펴볼까요? 저자 소개, 목차, 서문, 추천사는 책의 전체 내용을 조감하는 지도가 됩니다. 역자 후기와 저자 후기, 문학 작품에 딸린 비평문도 책을 이해하는 발판을 마련해 줍니다. 가장 먼저 확인해야 할 것은 제목과 겉표지의 문구입니다. 다음으로 목차를 펼쳐 소제목을 훑어보며 윤곽을 잡습니다. 서론을 통해 작가의 글 솜씨와 책이 전달하고자 하는 요점을 대충 파악해 봅니다. 때론 목차와 서론만 읽어도 책 한 권을 읽는 효과가 있는 경우도 있습니다. 본격적으로 독서에 몰입하기 전에 책의 전체상을 그리는 데 도움을 주는 부분을 살펴볼까요?

1) 책 표지 안쪽의 전문 용어

• 간기면: 책의 호적등본. 영어로는 imprint page 또는 copyright page. 이곳에는 책과 관련된 모든 서지 사항이 기록됨. 도서

명, 총서명, 지은이, 옮긴이, 발행인, 발행 출판사의 소재지, 출판사 등록번호와 등록일자, 판쇄 표시, 정가, ISBN.

- **판쇄 표시**: 판(版)은 인쇄된 저작물의 결정체. 쇄(刷)는 같은 저작물을 인쇄한 횟수.

  초판: 처음 제작된 판본.

  개정판: 초판의 내용을 일부 바꾼 판본.

  증보판: 초판의 내용을 늘려서 보완한 판본.

  신판: 내용의 증감 없이 초판의 판면을 새로 편집한 것.

- **발행인**: 저작물의 복제와 배포권을 가지는 출판권자.

- ISBN: 국제표준도서번호. 국제적으로 책에 붙이는 고유한 식별자. 영국에서 개발되어 1967년부터 사용되었고 1970년에 국제 표준화 기구(ISO)에 의해 공식제도로 채택됨. 간기면과 뒤표지에 바코드와 함께 표시됨.

- 일러두기: 책의 첫머리에 그 책의 내용이나 쓰는 방법 따위에 관한 참고 사항을 설명한 글.

알렉사 클레이와 키라 마야 필립스의 《또라이들의 시대》(최규민
옮김, 알프레드, 2016)에는 이 책을 읽을 때 알아 둬야 하는 중요한 사
항을 정리합니다. 역자는 왜 자신이 원제인 The Misfit Economy
에서 'misfit'을 사전에도 나오지 않는 '또라이'란 말로 옮겼는지에
대해 설명합니다. 책의 제목에도 등장하는 핵심 개념을 어떻게 번
역했는지는 이 책을 이해하는 데 큰 보탬이 됩니다. 역자는 영어
의 'misfit'이 원래 부정적 권위에 주눅 들지 않고 상식을 의심하고
신념을 지키고 자신이 원하는 것이 이루어질 때까지 집요하게 물
고 늘어지며 자신의 행동에 책임을 지는 사람을 의미한다며, 이런
의미를 독자에게 쉽게 전달하기 위해 부러 '또라이'라는 말을 선택
했다고 설명합니다. 이런 핵심 개념에 대한 전달은 책의 알곡과
이어져 독자의 빠른 이해를 돕습니다.

2) 이 책을 쓴 사람은 누구인가?

저자가 어떤 분야에 관심이 많았고 어떤 과정을 거쳐 왔는지를

유심히 보면 좋습니다. 저서 목록이나 연구 분야 궤적을 살피는 것입니다. 누군가를 가장 빨리 아는 방법은 그 사람이 가진 생각, 그 생각의 틀과 방식(사유 구조와 사유 방식), 그리고 그 생각의 궤적(사유 방식의 역사)을 아는 것입니다. 또한 저자 소개에 제시된 작품 목록은 작가의 세계를 풍성하게 이해하고, 자신의 읽은 책이 작가의 작업에서 어떤 맥락에 위치하며 어떤 의미를 갖는지 가늠하는 데 도움을 줍니다.

《파스칼 키냐르의 말》(파스칼 키냐르·샹탈 라페르데메종 지음, 류재화 옮김, 마음산책, 2018)의 책날개에 실린 작가 소개에는 작가의 출신지와 어린 시절이 어떠했으며 초기작부터 작품 경향이 어떻게 변화했는지가 정리되어 있습니다. 저자 소개를 보면 작가가 그려 온 생각의 궤적이 보입니다. '음악'에 대한 열정이 그의 작품 세계를 어떻게 변화시켰고, 《세상의 모든 아침》으로 유명해졌으며, 심장 질환을 이겨 내고 되살아난 작가가 "내 안의 모든 장르가 무너져 버렸다."며 새로운 시도를 한 작품들이 호평을 받았다는 사실도 알 수 있습니다. 이런 내용은 작가에 대한 이해를 깊게 하며, 지금 읽는 책이 작가의 작업 과정 중 어느 단계에 속하는지도 알 수 있어서 책을 이해하는 바탕을 마련해 줍니다.

3) 책의 지도를 펼쳐 놓은 목차

책 한 권을 읽고 그 내용을 일목요연하게 정리하는 건 만만찮은 일입니다. 그럴 땐 그 책의 목차를 살피면 도움이 됩니다. 목차(contents)는 책의 설계도이며 독자에게 제시된 지도입니다. 저자는 공을 들여 목차를 만듭니다. '차례'라고도 하는데, 책의 내용을 한꺼번에 보여 주고 찾아갈 수 있도록 페이지를 표시해 줍니다. 대개 각 장의 제목과 항목을 순서대로 나열합니다. 목차의 원래 기능은 해당 내용을 찾아가기 쉽도록 도와주는 것이지만 책의 전체 내용과 구성을 체계적으로 보여 주는 구실도 합니다. 독자는 목차를 통해 이 책이 어떻게 짜여 있는지 그 '흐름'을 파악할 수 있습니다. 목차는 책의 전체적인 구성을 한눈에 파악할 수 있게 해 줍니다. 저자는 책을 어떻게 펼칠지를 구상하고 목차를 짜고 그 목차에 따라 책을 써냅니다.

다음은 《시그널, 기후의 경고》(안영인 지음, 엔자임헬스, 2017)의 대략적인 목차를 살펴볼까요?

PROLOGUE

기후의 경고 1 스모그 겨울이 올까?
기후의 경고 2 우리 모두는 매일 담배 1개피씩 피운다?

이 책은 프롤로그를 제외한 총 9장으로 나뉘었습니다. 1장은 미세먼지, 2장은 대기오염, 3장과 4장은 지구온난화, 5장 슈퍼태풍, 6장은 지구 온도 상승, 7장은 바이오 연료, 8장은 생물의 이동과 멸종, 9장은 멸종과 인간의 책임으로 구성됩니다. 지구의 위기를 드러내는 시그널 현상의 구체적인 예를 같은 바구니에 넣어 엮고, 마지막에는 이 위기를 낳은 인간의 각성을 촉구하는 식으로 구성되었다는 것을 알 수 있습니다. 특히 이 책처럼 각 장의 핵심 내용을 문장으로 정리한 목차의 경우에는 전체 내용의 윤곽을 짓기에 적합합니다.

목차를 보면 저자의 머릿속이 얼마나 정리되어 있는지 가늠할수 있습니다. 목차가 연결되지 않거나 중구난방으로 흐트러져 있으면 책의 내용도 이해하기 힘든 구조로 구성되었을 가능성이 높습니다. 목차가 통일되어 있고 명확하며 논리적인지를 따져 보세요. 목차를 볼 때 흐름이 읽히는지 판단해 보세요. 목차별 내용을 잘 정리하면 책의 핵심이 추려집니다.

유발 하라리의 《사피엔스》(조현욱 옮김, 김영사, 2023)는 호모 사피엔스가 어떻게 오늘날의 사회와 경제를 이루었는지를 알려 주는 책입니다. 이 책의 목차를 보면 호모 사피엔스가 걸어온 길이 한눈에 들어옵니다. 호모 사피엔스는 '인지 혁명'을 거쳐 '농업혁명'을 이루어 수렵 채집 사회에서 벗어나 종교와 국가로 '인류의 통합'을 이루고, 현재는 '과학 혁명' 단계에 이르렀다는 것을 알 수 있습니다.

목차 읽기는 책을 읽을 시간이 없을 때 책의 알곡을 수집하는 데도 유용합니다. 목차로 '순간이동 독서법'이 가능합니다. 책을 펼쳐 목차를 살필 때, 무언가 흥미롭고 눈길을 잡아끌며 이제껏 몰랐던 내용이 있는지 살펴보세요. 목차를 보고 이 책에서 가장 알고 싶은 것을 선택하고 그 내용부터 읽습니다. 다음으로 더 알고 싶은 것, 더 깊게 파고들고 싶은 것, 의문이 느껴지는 것이 있으면 목차로 돌아가 그 페이지로 이동하는 것입니다.

다치바나 다카시가 《나는 이런 책을 읽어 왔다》(이언숙 옮김, 청어람미디어, 2001)에서 제시한 '목차를 이용한 〈속독〉술'은 다음과 같습니다.

1. 문장 하나하나를 충실하게 읽는 것이 아니라 책 전체의 구조가 어떻게 이루어져 있는지 그 흐름을 파악한다.
2. 먼저 장(章) 단위로 전체의 큰 흐름을 파악한 뒤, 절(節) 단위로 세세한 흐름을 파악한다.
3. 속독으로 읽을 때는 단락 단위로, 단락의 첫 문장만 차례로 읽어 나간다.

그에 따르면 "이런 방법이라면 한 쪽을 읽는 데 1초, 좀 늦더라도 2, 3초면 읽을 수 있다. 300쪽 책이라면 300초에서 900초, 그러니까 5분에서 15분밖에 걸리지 않는다."고 합니다. 책을 급하게 읽어야 할 때, 목차를 통해 대략적인 내용을 파악한 후 중요한 부분을 표시합니다. 서론과 결론을 읽고 중간 부분은 넘어가는 방법도 있습니다. 이런 독서 방법은 일정한 형식을 갖춘 책을 대상으로 정보를 얻기 위한 책 읽기에 써먹을 수 있습니다.

다만, 이 방법은 책을 읽어야 할 시간이 부족하고 읽어야 할 책이 너무 많을 경우에 활용하는 응급 기술입니다. 전체를 이루는 문장 하나하나가 소중한, 줄거리를 파악해야만 하는 문학서에는 적용하기 어렵습니다.

4) 서문 파헤치기

프롤로그, 머리말이라고도 하는 서문은 책의 나머지 부분이 어떻게 될 것인지 보여 주는 일종의 표본 구실을 합니다. 왜 썼는지, 어떤 내용이 담겼는지를 짐작하게 도와줍니다. 마트에서 시식을 하는 것과 마찬가지입니다. 우리는 이쑤시개에 꽂힌 음식의 '일부'를 먹어 보고 구매를 결정하지요. "부실한 서문치고 뛰어난 명저는 없다.(장정일)" 만약 서론에서 글을 쓴 동기가 무엇인지, 무엇을 말하고자 하는지가 명확하지 않다면 그 책은 제자리에 꽂아 두시는 것이 좋습니다.

서문은 책에 담길 내용이 무엇일지를 미리 보여 줍니다. 중요한 내용을 간추려 앞으로 만나게 될 내용을 지도처럼 제시합니다. 《도시는 무엇으로 사는가》(유현준 지음, 을유문화사, 2016)의 서문에서는 다음과 같이 책의 내용을 간추립니다.

1. 다루는 대상: 건축. 건축물은 문화적 DNA를 보여 주는 결과물, 소통의 매개체. → 서문

2. 성격: 주관적인 관점에서 건축물과 도시를 읽어 내려가는 책. → 본론

3. 목적: 건축물과 도시를 바라보는 자신만의 시각을 가지길 바라며 썼다. → 결론

책을 선택할 때 서문이 도움을 주는데 작가의 필력과 생각을 '시식'할 수 있기 때문입니다. 스테판 르멜의 《인간증발》(이주영 옮김, 책세상, 2017)에는 벨기에 작가가 왜 사라진 일본인에 대한 글을 썼는지가 차분하게 서술되어 있습니다. 자전거를 타고 벨기에 국경을 넘었던 열 살 소년은 낯선 세계에서 완전히 새로운 삶을 경험했다고 합니다. 도시의 삶과 정해진 일상이 갑자기 낯설어지고, 자신이 익명의 존재가 된 경험을 서술합니다. "만일 지금 여기서 내가 죽으면 누군가에게 발견될 수 있을까?"라는 깨달음, 먼 곳으로 도망치고 싶었던 마음과 돌아가기로 결심한 심정을 담담하게 서술하여 자신과 낯선 일본인들과의 연결고리가 무엇인지를 밝히고 있습니다.

이 프롤로그가 돋보이는 점은 작가가 자신의 경험을 바탕으로 글을 풀어 나갔다는 점입니다. 어린 시절 자전거를 탔던 경험은

대부분의 사람이 공유한 추억입니다. 자신의 존재를 지우고 싶었던 순간도 공감할 만한 심정이죠. 남의 얘기 같지 않다, 내 이야기 같다고 사람들은 귀를 기울이게 마련입니다. 자신의 경험을 진솔하게 풀어 가고 공감의 고리를 만들어 준 프롤로그는 독자를 책 속으로 끌어들입니다.

　글의 서론은 이 글을 왜 쓰게 되었는지, 대략 어떤 내용이 담길 것인지로 구성됩니다. 왜 쓰게 되었는지는 앞의 글처럼 개인적인 관심사를 밝히는 경우도 있지만 기존의 생각이 가진 한계와 문제점을 짚고 이 책이 왜 중요한지를 강조하는 식으로 전개되기도 합니다. 진단과 '문제 제기'를 하는 겁니다. 서론에 이런 내용이 실렸을 경우에는 저자가 이 문제에 대해 어떤 해답을 찾았는지를 주목해서 보면 좋습니다.

　　서론을 잘 분석하면 책의 내용 전반을 파악할 수 있습니다. 다음은 유선경이 쓴 《감정 어휘》(앤의 서재, 2022)의 서문입니다.

내 감정에 알맞은 어휘를 붙여주는 일 → **책의 중심 내용 한 줄 요약**

마음이 길을 잃고는 한다. "나도 내가 왜 이러는지 모르겠어.", "내가 뭘 원하는지 모르겠어.", "어떻게 해야 좋을지 모르겠어.", "내가 어떤 사람인지 모르겠어." 나아가 이런 생각으로 괴로운 이도 있을 것이다. "나는 왜 내가 원하는 것을 얻지 못하지?", "나는 왜 행복하지 않지?" → **공감을 사는 첫머리를 통해 독자를 끌어들임.**

우리가 살면서 몇 번쯤이고 자문하는 앞서의 질문들은 사실상 '감정'에 대한 물음이다. "네 마음이 어때?"라는 질문보다 "네 감정이 어때?"라고 묻는다면 희미하게나마 가닥을 잡는다. 그러나 쉽게 답하지 못할 것이다. 당연하다. 우리는 오랫동안 '감정'을 깊숙이 파묻고 '이성'이라는 널빤지로 못을 쳐놓고 살았다. 아무 도움이 되지 않는다고 버려야 한다고까지 세뇌 받았다. 감정은 숨기고 다스리고 제어해야 할 작은 악마 같은 취급을 받았다. → **중심 논의 대상인 '감정'을 제시**

이러는 동안 우리가 잃어버린 것은 자기 삶의 나침반이다. 자신의 감정을 '좋다', '싫다', '나쁘다' 정도로 뭉뚱그리지 않고 기쁨, 슬픔, 분노, 증오, 불안, 기대, 신뢰, 놀람 등으로 구별하고 그에 알맞은 어휘를 붙여 불러주는 것만으로도 마음이 안정되고 후련해진다. 나아가 나침반이 되어 앞으로 가야 할 길을 알려준다. 각각의 감정은 내 인생의 징후이며 각기 다른 해석과 해결 방법이 있기 때문이다. → **감정 어휘를 중요하게 여겨야 하는 이유, 왜 이 글을 쓰는가에 대한 내용**

'가렵다'와 '간지럽다'를 구분하지 못하겠노라고 했던 지인이 있었다. '간지럼'이 뭔지 모르냐고 물었더니 아는데 그게 '가려움'과 어떤 차이가 있느냐고 되물었다. 긁고 싶으면 가려움이고 웃기지도 않은데 웃음이 나면 간지럼이라고 답했던 것 같다. 간지럼을 타지 않는 사람도 있으니 딱히 맞는 답은 아니었다. 그런데 만약 이 둘을 구분하지 못하고 간지럼을 타는 사람을 박박 긁어주면 어떻게 될까. 반대로 가렵다는 사람한테 간지럼을 태우면 어떻게 될까. 감정에 있어 대표적으로 '슬픔'과 '분노'가 그러하다. 우리는 자신의 감정을 부지불식간에 스스로 속이고 왜곡한다. 여기에서 크고 작은 고통이 생겨나고 마음이 갈 길을 잃어버린다. → **앞서 논의를 구체적인 예(가려움과 간지러움)로 보여 줌.**

감정에는 선도 악도 없다. 옳고 그름 역시 없으며 판단의 대상이 아니다. 자신이 그런 감정을 느끼는 것에 수치심이나 죄책감을 느낄 필요가 없다는 소리다. 마음의 고통은 감정이 아니라 자신이 생생하게 느끼는 감정을 숨기고 억누르고 부정하는 데서 생겨난다. 인간의 감정은 복잡해서 같은 일을 겪는다고 모든 이가 같은 감정을 느끼지 않는다. 또 한 가지 일에 여러 가지 다양한 감정을 한꺼번에 느끼기도 한다. → **반복으로 왜 감정 어휘가 중요한지 강조**

이 책은 나침반을 찾기 위한 방법으로 감정을 구분하고 그에 적절한 어휘를 붙이는 것에 대한 글이다. → **글의 전체 내용 정리**

감정을 이해하고 인지하기 위해 '감각'을 활용하기로 했다. → **어떤 방법에 따라 썼는지 밝힘.**

모두 다섯 개의 장으로 구성했는데 1장은 감정에 대한 개요, 나머지 네 개의 장은 온도, 통각(아픔), 촉감, 빛이라는 감각을 활용해 감정을 세세하게 들여다보기로 한다. 그리고 2장부터 5장까지 각 장의 말미에

는 각각의 감정에 따른 감정 어휘를 분류·정리했다. → **책 전체 내용 요약**

  책을 마무리하면서 다시 한번 확신하는 것이 있다면 "인간은 결국 감정이 전부"라는 것이다. 그런데 감정은 당장은 시그널이나 기호일 뿐이라 해독이 필요하다. 나는 '행복'을 감정이라기보다 '태도'에 가깝다고 여기는 편인데 감정 어휘를 알맞게 표현하는 방식이 행복이라는 태도를 지니는 데 큰 도움을 줄 수 있다고 믿는다. 자신이 어떤 상황에서 기쁨, 슬픔, 분노, 증오, 불안, 기대, 신뢰, 놀람 등을 느끼는지, 또 어떻게 흘러가는지 인지하고 올바르게 표현한다면 우리는 삶의 파도를 예측할 수 있고 믿을 수 없게도 가뿐하게 올라 타 즐길 수 있다. → **이 책을 읽어야 하는 이유, 이 책의 의미와 가치**

  서문에는 이 책이 앞으로 어떤 내용을 다루며, 이 책을 독자들이 어떻게 읽고 활용했으면 좋겠는지에 대한 작가의 바람이 담겨 있습니다. 여러분은 서론으로 책의 조감도를 입수할 수 있습니다. 서문의 내용을 꼼꼼하게 살피면 책의 전반적인 내용을 짚어 내는 것이 가능합니다. 서론을 책의 사용설명서로 잘 활용하셨으면 합니다.

  다만 서문에 등장하는 작가의 의도는 비판적으로 바라봐야 합니다. 작품이 작가를 뛰어넘는 경우도 많고, 의도가 작품의 전부를 말해 주진 않습니다. 이를 '의도의 오류(intentional fallacy)'라고

하는데, 작품 창작에서 작가의 창작 의도가 곧 그 작품의 의미와 직결되는 것이 아니라는 이론입니다. 작가의 본래 의도와 작품에서 성취된 의미 사이에는 근본적인 차이가 있음을 밝히고, 그것을 혼동하는 데서 작품의 이해와 평가는 어긋날 수 있다는 생각이지요. 작품 속에서 과연 작가가 의도한 바가 잘 드러났는지를 꼼꼼히 살필 필요가 있습니다.

5) 저자 후기, 역자 후기, 해설

저자 후기는 글을 쓴 계기나 쓰고 나서 덧붙이는 말일 경우가 많습니다. 이 글을 왜 썼나, 쓰는 과정과 관련된 이런저런 일들과 심정, 아쉬움과 다짐 등 저자의 속엣말이 드러나 저자와 가까워진 것 같은 느낌을 줍니다. 책을 읽기 전에 들추기보다는 다 읽고 나서 함께 먼 길을 걸어온 동료가 벤치에 앉아 이야기를 나누듯 느긋하게 읽는 편이 좋습니다.

번역서에 딸린 역자 후기는 주로 원서의 내용을 요약하는 경우가 많습니다. 처음 책을 접하는 사람에게 어느 정도 책의 윤곽을 알려 줍니다. 이 책을 이해하는 데 도움을 주는 작가나 책을 둘러싼 이야기를 소개하는 경우도 많습니다. 문학서를 제외하고, 번역자의 후기를 먼저 읽는 것도 좋습니다.

해설은 되도록 다 읽고 난 뒤에 읽습니다. 해설자의 의견에 매이거나 다른 사람의 눈이 선입견이 됩니다. '아, 이렇게 읽는 것도 가능하구나.'라는 참고로 삼으면 좋습니다. 책을 보는 새로운 눈을 하나 얻는 셈이니 큰 보탬이 되지요.

6) 이 책을 읽어 보시오, 추천사

추천사(推薦詞)는 저자 이외의 다른 사람(스승, 선배, 평론가, 전문가 등)이 책에 대해 설명하고 장점을 논한 글입니다. 이 책이 지닌 의미와 가치를 친절하게 알려 줍니다. 일반적으로 작품의 저자가 쓴 서문은 추천 서문의 뒤에 옵니다. 작가가 낯선 경우, 책이 다루는 내용이 생경한 경우에 친절하게 진입로를 마련해 주는 경우도 많습니다.

한스 모라벡의《마음의 아이들》(박우석 옮김, 김영사, 2011)는 '해제'라는 제목으로 과학전문 저술가가 이 책이 다루는 중요 내용이 무엇인지, 이 책의 가치는 무엇인지를 밝혀 둡니다. 이 책을 쓴 모라벡은 21세기 후반에 인간보다 지능이 뛰어난 로봇이 출현할 것이라고 예언했던 로봇 이론가로,

이 책은 사람과 로봇이 맺을 수 있는 '공생'관계에 주목했다고 알려 줍니다. 책에 등장하는 중요 용어인 '마음 이전(mind uploading)'이 의미하는 바는 다음과 같다고 합니다. "사람의 마음이 로봇으로 이식되면 사람이 말 그대로 기계로 바뀌는 것으로, 로봇 안에서 사람의 마음은 늙지도 죽지도 않는다. 마음이 사멸하지 않는 사람은 결국 영원한 삶을 누리게 되는 셈이다." 따라서 로봇은 마음의 아이들로 인류의 후계자가 될 것이라고 주장했다는 것입니다.

추천사를 눈여겨봐야 할 이유는 책에 대한 전반적인 정보와 가치, 책의 주요 내용을 쉽게 풀이해 주기 때문입니다. '추천'하는 말이기에 읽을 가치가 무엇인지를 친절히 알려 주기 마련이거든요. 책의 의미와 가치를 밝히는 서평 쓰기에 보탬이 됩니다.

7) 참고문헌, 색인

책 뒤에는 저자가 참고한 책들의 목록과 중요 사항에 대한 색인이 붙어 있습니다. 이 책을 읽고 관련 분야에 대한 생각의 폭을 넓히고 싶을 때 참고문헌은 도움을 줍니다. 또한 읽은 책의 뿌리를 더듬어 보는 데도 보탬이 됩니다. 이 책이 어떤 생각을 모아 만들었는지 보여 주니까요.

별 볼 일 없는 책, 도움이 되지 않는 책을 참고문헌으로 올리는 일은 드뭅니다. 참고문헌 목록은 저자가 적지 않은 영향을 받은 책들이자 저자의 추천도서에 해당합니다. 당신이 어떤 책을 읽고 그 분야에 대해 좀더 깊이 알고 싶을 때는 그 책의 참고문헌에서 흥미로운 책을 골라 읽어 보세요. 그 분야에 대한 지식이 더욱 더 깊어집니다. 참고문헌을 보고 읽고 싶은 책을 표시해서 생각의 폭을 넓혀 보세요. 또한 같은 분야의 책을 몇 권 읽다 보면 참고문헌마다 반드시 등장하는 책이 있습니다. 그 책은 그 영역에서 '고전'이거나 '명저'일 경우가 많으니 되도록 읽어 두시기 바랍니다.

색인은 이 책에서 중요한 사항을 항목별로 적고, 등장하는 페이지를 표시해 둔 부분입니다. 같은 주제의 자료인 경우 하나의 표제 아래 묶어 뒀기에 관심 있는 부분을 골라 빠르게 훑는 데 도움을 줍니다.

또한 색인에 반복해서 나오는 단어가 무엇인지 살피면 이 책의 성격이 드러납니다. 색인에 등장하는 개념, 저자, 저서명 등은 이 책의 특성을 짐작하게 만드는 바로미터가 됩니다.

8) 인터넷 서점 '미리 보기'와 북 트레일러

인터넷 서점에 들어가면 '미리 보기'로 책을 맛볼 수 있습니다. 북 트레일러(book trailer)는 책 소개 영상입니다. 영화의 예고편을 가리키는 '영화 트레일러'에서 따온 말입니다. 북 트레일러는 책의 홍보에 사용되며, 책의 이미지를 짧게 흥미로운 영상으로 보여 줍니다. 영화 예고편 같은 북 트레일러와 저자 인터뷰 동영상 등 형식도 다양합니다. 책에 대한 신선한 접근과 분위기를 익히는 데 도움이 됩니다.

　이렇게 팔랑팔랑 책을 들추다 보면 책 내용에 대해 이모저모 알 수 있습니다. 파라 텍스트는 여러분이 책에 다가가는 징검돌을 놓아 줍니다.

3장

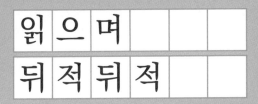

읽으며 뒤적뒤적

읽을 때 쓸 것을 염두에 둬야 합니다. 서평을 쓰겠다고 마음을 먹으면 책을 더 꼼꼼하게 읽고, 이런 부분은 서평에 활용하면 좋겠다고 표시하게 됩니다. 심리학 용어인 '선택적 주의'에 따르면, 인간의 뇌는 자신에게 필요한 정보나 중요한 정보를 직감적으로 수집하며, 관심 없는 정보나 모르는 정보는 무시한다고 합니다. 목표를 설정해 두면 자신에게 필요한 내용을 받아들이는 틀을 마련해 두기 좋습니다.

먼저 질문부터 시작해 볼까요?

1. 나는 이 책을 왜 읽는가

먼저 물어야 할 것은 '나는 이 책을 왜 읽는가'입니다. 정보를 얻기 위해서인가? 감동이나 재미를 바라서인가? 이런 목적에 따라 읽는 방법도 달라집니다.

1. 책을 읽는 게 그냥 좋은가? (취미 독서)→책에서 흥미로운 지점을 찾는다. (캐릭터, 가독성 등)
2. 재미난 시간을 보내기 위해서인가? (취미 독서)→책에서 재미난 부분을 찾고 왜 재미났는지, 작가가 재미를 끌어내기 위해 어떤 방법을 사용했는지 궁리한다.

3. 세상이 어떻게 움직이는지 궁금한가? (정보 얻기)→어떤 정
   보를 얻었는가.

4. 통찰력과 인문학적 소양을 기르기 위해서인가? (교양 쌓
   기)→어떤 걸 새롭게 알게 되었는가.

5. 업무에 필요한 지식이나 공부에 보탬이 되기 위해서인가?
   (과제 수행)→알게 된 정보를 정리한다.

6. 어딘가에 서평을 제출하기 위해서인가? (과제 수행)→저자가
   한 말을 잘 정리하고 자신의 생각 덧붙인다.

7. 자신의 이름으로 논문이나 책을 쓰기 위해서인가? (자아실
   현)→자료를 정리하고 자신의 생각을 메모한다.

책을 읽는 목적이 무엇이냐에 따라 독서 방법도 차이가 납니다.
속독과 지독, 정독이 필요한 경우도 있고, 발췌독이 필요한 경우
도 있습니다.

질문은 능동적인 독서를 이끌어 냅니다. 스스로 답을 찾아야 할
질문을 스스로에게 던지는 것입니다. 어떤 책에 대해 일반적으로
던질 수 있는 질문은 다음과 같습니다.

1. 무엇에 관한 책인가? (주제)

2. 저자는 무엇을, 어떻게 다루고 있나? (논점, 사상, 주장)

3. 다루고자 한 주제를 잘 펼쳤는가? (비판적 시각)

4. 이 책의 가치는 무엇인가? (가치와 의미)

여러분이 학교에서 배웠을 SQ3R(Survey, Question, Read, Recite, Review) 방법으로 책을 차분히 읽어 보는 것도 좋습니다.

훑어보기 (Survey)	글을 읽기 전에 미리 내용을 훑어보는 활동으로 글의 제목이나 소제목, 반복되는 단어, 도표나 사진을 빠르게 살펴보면서 글의 전체 내용을 예측하는 과정이다. 이 단계의 목적은 글의 핵심적인 내용을 개관하고 짐작하는 것이다.
질문하기 (Question)	훑어보기 단계에서 얻은 정보를 토대로 독자 스스로 질문을 만드는 과정이다. 질문을 생성할 때는 제목이나 소제목을 활용할 수 있다. 예를 들어, 글의 제목이 '한옥의 우수성'이라면 "한옥이 다른 건축물과 비교했을 때 뛰어난 점은 무엇인가?", "한옥의 우수성에는 어떤 것이 있을까?"와 같은 질문을 할 수 있다. 질문은 글을 읽는 동안에 해답을 찾기 위한 도전적인 자세와 읽는 것에 대한 동기를 유발하고, 내용에 관심과 흥미를 갖도록 한다.
자세히 읽기 (Read)	글을 세밀하게 읽으면서 내용을 파악하는 동시에 '질문하기' 단계에서 생성한 질문에 대한 답을 찾는 과정이다. 이 과정에서 밑줄 긋기, 메모하기, 이해한 내용을 언어로 재진술하기 등의 방법을 활용할 수 있다.
확인하기 (Recite)	글에서 중요한 부분을 확인하면서 글에 제시된 정보와 질문에 대한 답을 떠올려 기억하는 과정이다. 앞서 제기한 질문을 떠올리고 그에 대한 답을 기억하여 글에서 전달하고자 하는 정보를 효과적으로 기억할 수 있다.

청소년을 위한 후다닥 서평 쓰는 법

	질문에 대한 답을 찾은 후에 읽은 내용을 자신의 언어로 표현해 본다. 이 과정은 자신이 읽은 내용을 확인하는 것이다. 만약 자신이 읽은 내용을 암송하지 못한다면 충분히 그 내용을 습득하지 못했다고 할 수 있으므로 다시 읽는 것이 학습에 도움이 된다.
재검토하기 (Review)	글 전체 내용을 독자 스스로 재구성하며, 이해가 되지 않는 부분을 재검토하는 과정이다. 또한 글을 읽은 후 질문과 그에 대한 답을 점검하면서 수정·보완하는 단계에 해당한다. 전체 내용을 정리하고 질문에 대한 답을 검토하고 수정한다. 읽은 세부내용을 모두 암송하고 자료 간의 관계를 조직하며, 읽은 것과 실제 생활 속의 예를 관련지어 학습한다. 만약 읽는 동안 노트 필기나 메모를 했다면 그 자료를 읽으면서 복습한다.

2. 꼼꼼하게 읽기

소설을 읽다가 등장인물을 응원하게 되거나 밉살맞다고 생각하는 경우가 있죠. 혹은 재미나게 읽은 소설 줄거리를 간추려 누군가에게 들려줄 때도 있습니다. 여러분은 자기도 모르게 그 작품을 해석하고 있는 거예요.

책을 펼치면 백지에 검은 활자만 보입니다. 그런데도 우린 소설 속에 등장하는 인물의 모습을 머릿속에 생생하게 떠올리고 인물의 생각과 느낌에 빨려 들어갑니다. 마법 같은 일이에요. 여러분이 지닌 상상력이 그런 일을 가능하게 만들었죠. 독자는 활자들에 형태를 부여하고 글 속에 존재하는 수많은 '틈'을 자기 방식으로 채워

갑니다. 자신이 품은 욕망과 감정, 상상력과 삶의 경험을 통해 활자로 하나의 세계가 출현하게 만듭니다. 책은 펼쳐지지 않았을 때는 닫힌 문입니다. 그 문을 열고 독자가 자기 세계를 만들 때 책은 생명력을 갖고 움직입니다. 책은 독자가 있어야 존재합니다. 누가 읽느냐에 따라 책은 제각각 다른 얼굴을 보여 줍니다. 독자의 참여에 따라 문학 작품을 새롭고 창의적으로 읽는 것이 가능합니다.

프랑스의 문학연구가 G. 미쇼(Guy Michaud)는 "문학 작품은 기름진 땅이자, 미지의 섬이다."라고 했어요. 농부가 누구냐에 따라 책은 다른 수확을 안겨 줄 것이고, 탐험가마다 다른 풍경을 보여 줄 것입니다. 그런데 풍성한 수확을 거두려면 흙과 작물의 목소리에 귀 기울여 주고 바지런하게 움직여야겠죠? 멋진 풍경을 보려면 멀리 혹은 높이 가야만 합니다. 책 읽기도 마찬가지예요. 책이 감춰 둔 의미를 찾아내려면 독자는 꼼꼼하게 책을 살펴야 합니다. 작가는 무슨 말을 하기 위해 이 책을 썼을까? 왜 이런 표현을 사용했을까? 이렇게 구성한 까닭은 무엇일까? 이와 같은 질문에 관심을 기울여 보세요. 물론 작가의 의도가 책이 지닌 풍성한 의미의 전부는 아닙니다. 때론 작가 자신도 몰랐던 의미를 여러분이 발견해 낼 수도 있어요. 누군가의 생각을 완벽하게 이해하는 건 쉽지 않은 일이지요. 하지만 글에 구현된 작가의 의도를 헤아리면서 읽는 것은 책을 해석하는 효과적인 방법 중 하나예요. 낱말 하나하나, 낱말이 만든 문장, 이 문장이 쌓인 문단을 잘 살펴보세요. 작가의 말에 귀 기울이고 작가가 만들어 놓은 세계를 애정을 기울여 봐주세요.

잘 읽으려면 달팽이처럼 천천히 문장들을 맛보세요. 후딱후딱 읽으며 넘겨짚지 말고 낱말을 하나하나 살펴 문장을 삼키고, 문장들이 모여 이룬 단락을 이해하고, 그 단락의 배치와 짜임을 파악합니다. 의미는 그 모든 것이 얽히고 쌓여 나오는 것이므로 하나씩 단계를 밟아 차근차근 나아가야지, 특정 단어나 표현에 매달려 맥락을 놓치거나 문장 몇 줄만 보고 의미를 규정하면 오해와 억측을 하게 됩니다.

각 단락별로 내용을 이해하면서 읽어 보세요. 한 단락이 끝날 때마다 머릿속으로 정리하거나 책 여백에 문단의 내용을 짧게 요약하거나 주제어를 넣으면 책 내용이 차근차근 정리됩니다.

3. 문학/비문학 읽는 방법

1) 비문학

비문학 글의 핵심은 '설명'과 '주장'입니다.

① 설명(說明, explanation)

말(說)하여 밝히는(明) 것. 영어 단어 'explanation'은 라틴어

'explanare'에서 유래했으며 '명확하게 하다' 또는 '명확하게 하다'를 뜻합니다.

> • 내용: 어떤 사실이나 정보, 지식 등
> • 방법: 정확하게 알기 쉽게
> • 목적: 이해

• 설명 대상을 파악

이 글이나 책에서 설명하고자 하는 것은 무엇입니까?

• 설명의 방법 파악

– 정의: 단어나 구(句), 또는 다루고자 하는 대상이나 개념을 제시하고 밝히는 방법. 정의하려는 항과 정의하는 항. '사랑은 무엇인가? 눈물의 씨앗이다.'

– 비교: 둘 이상의 대상들 사이에 존재하는 공통점을 중심으로 설명하는 방법

– 대조: 둘 이상의 대상들 사이에 존재하는 차이점을 중심으로 설명하는 방법

– 분석: 설명하고자 하는 대상의 성분, 즉 구성 인자를 나누어 가며 설명

– 분류: 한 무리의 대상을 일정한 기준에 따라 더 작은 무리로

묶어 설명하는 방법

– 특수화: 일반적인 것을 이해시키기 위해서 예를 들어 설명.
귀납적(歸納的) 추론

– 일반화: 여러 특수한 것들을 일반적인 것으로 요약하여 설명.
연역적(演繹的) 추론

– 문답: 알고자 하는 것에 대해 질문을 던지고 이에 답하는 형
식으로 설명을 전개

– 예시: 구체적인 사례를 제시

• 설명 위주의 글 서평 쓰기

이 글이 무엇을 설명하고 있는지를 밝히고 이 대상에 대해 알아
야 하는 이유를 정리하고, 이 글을 통해 이해한 바를 정리합니
다. 이해는 이전에 몰랐던 것, 새삼 알게 된 것, 고쳐 생각하게
된 것으로 나뉩니다.

② 주장(主張, insistence)

자기의 의견이나 견해를 내세우는 것.

• 내용: 자신이 주장하는 바. 의견이나 견해.
• 방법: 상대방을 설득하기 위해 자신의 주장을 뒷받침하는 타당한 근거
• 목적: 설득

• 주장 + 근거

근거가 주제와 관련이 있는가, 주장을 뒷받침하는가, 내용이 사실인가. 설득력이 있는가? 나는 이 주장에 대해 어떤 의견을 가지는가?

2) 문학

작품에서 반복되는 것에 주목해 봅시다. 문학 작품을 해석하기 위한 아이디어를 얻는 방법 중 하나는 작품에서 반복되는 요소에 주목하는 거예요. 소설과 같은 서사 장르에서 반복되는 요소로 대표적인 것은 모티프와 테마입니다. 모티프는 어떤 이야기를 구성하고 있는 여러 개의 화소(話素), 즉 이야기의 구성원을 일컫는 말이에요. 이를테면 주몽 설화의 모티프는 난생 모티프(유화부인이 알을 낳았고 그 알에서 주몽이 태어났다)와 천손 모티프(주몽은 천제의 아들인 해모수의 자식이다)를 꼽을 수 있어요. 테마는 말마따나 '주제'입니다. 주제를 찾을 때는 작가가 무엇을 좋아하고 싫어하는지(평화 vs. 전쟁), 무엇을 지키고 싶고 무엇이 문제라고 생각하는지를 살피면 주제가 잘 드러납니다.

이외에도 반복되는 낱말이나 구절, 이미지 등에도 주의를 기울여 작품 내에서 그것이 어떤 의미를 지니는지 살펴봅시다. 하나의 낱말이 작품에 반복되어 나타나는데 그 의미가 일정하지 않고 심지어 서로 모순되고 있다면 그 이유를 궁리해 보세요. 이를테면 작품에 '눈'이 연신 등장하는데, 눈은 모든 걸 덮어 주는 평화를 상징하기도 하고 쉽게 더럽혀지는 것이기도 합니다. 반복되는 요소가 지닌 여러 면을 들여다보면 문학 작품을 해석하는 길이 열릴 거예요.

작품 속에서 가장 인상 깊었던 에피소드나 장면을 꼽고 그 장면 하나를 꼼꼼히 들여다보는 방법도 있어요. 이 장면이 왜 내 마음에 남을까? 이 에피소드는 작품에서 어떤 역할을 할까? 이런 점을 궁리하면 그 소설 전체를 이해하는 문이 열려요.

4. 연필을 드세요

어떤 학자는 2B 연필이 없으면 책에 집중하지 못한다고 합니다. 감동을 받았거나 인상적인 구절에 표시를 해둬야 안심이 된다는군요. 밑줄은 책을 적극적으로 읽는 방법 중 하나입니다. 표시를 하면 집중할 수 있고, 자기에게 중요한 부분을 표시하면 '적극적인' 태도로 책을 대하게 됩니다. 표시한 부분은 도드라집니다. 다시 읽을 때 표시된 부분만 따라가면 되니 독서 속도를 높여 줍니다.

"왜 하필이면 그 문장에 밑줄을 그었는가?" 자신이 밑줄을 그은 부분을 보고 질문을 던지는 것도 좋습니다. 나는 왜 이 문장이 중요하다고 생각했을까? 나는 왜 이 문장에 끌렸을까? 이런 질문에 대한 답을 구하면서 글을 써도 좋아요.

표시 방식은 편한 걸로 선택하세요. 네모, 사각, 동그라미 등의 기호를 이용해도 좋고, 물결 무늬나 직선 등의 밑줄 모양을 달리하는 방법을 택해도 좋으며, 펜의 색깔에 변화를 줘도 좋습니다. 여러 방법을 쓰다가 자기에게 편한 표시 방법을 찾는 것입니다.

중요한 것은 '구분'과 '강조'입니다.

- 도형

□: 책의 핵심 내용, 키워드

△: 의문점, 생각할 거리

○: 핵심

- 삼색 볼펜

빨강: 중요한 것

파랑: 생각해 봄직한 부분, 의문스러운 곳

검정: 메모

• 문장부호

!: 새삼 깨달은 부분, 작가의 의견에 찬성하는 부분

?: 의문점, 생각거리

《　》: 저자의 주장 핵심 부분

★: 내가 중요하다고 생각하는 부분

• 밑줄 활용

_____: 인상적인 부분

〜〜〜〜〜〜: 의문스러운 부분, 생각거리

ᔎᔎᔎᔎᔎᔎᔎᔎ: 핵심 부분

• 연필이 없을 때 사용하는 비상 대책으로 책 귀퉁이를 접는 '강아지 귀', 색깔이 다른 포스트잇을 활용하는 방법도 있습니다.

• 빌린 책은 메모를 하거나 밑줄을 긋기 곤란합니다. 그럴 땐 엽서 크기의 종이를 책갈피 겸용으로 이용하여 적어 두면 좋습니다. 중요한 내용은 다른 페이지에 별도의 항목으로 요약해 눈에 잘 띄게 합니다.

어떤 표시 방식을 선택해도 괜찮습니다. 중요한 것은 책이 말하는 핵심과 내가 주목하는 부분을 구분 짓는 것입니다.

우선 작가가 무엇을 말하고 싶은지 그 핵심을 파악합니다. 간혹 책을 읽고 엉뚱하게 이해하는 경우가 있는데 이는 책의 목소리에 귀를 기울이지 않았기 때문입니다.

듣고 말하기의 과정으로 이해하면 됩니다. 먼저 잘 들어야 거기에 걸맞은 말도 할 수 있습니다. 책의 핵심인 빨간색을 친 부분은 누가 읽어도 중요한 부분일 것이고 그것에 대한 의견도 일치할 겁니다. 이런 핵심을 언급하고 나서 자신이 흥미롭다고 여긴 부분을 펼쳐 나가는 겁니다. 우리는 저자와 대화를 나누고 독자에게도 말을 걸게 됩니다.

저자의 목소리를 표시한 부분을 이으면 이 책의 '핵심'을 추릴 수 있습니다. 나의 목소리를 표시한 부분을 엮으면 이 책에 대한 '나'의 느낌이나 생각이 추려집니다. 크게 두 부분으로 나누어 표시하면 좋습니다. 책의 주제나 핵심이 담긴 '저자의 목소리', 내 마음에 드는 부분이나 생각할 거리를 표시한 '내 목소리'로 구분하는 것이죠.

저자의 목소리	주제나 핵심
내 목소리	내 마음에 드는 부분, 생각할 거리

중요한 것은 내 생각과 맞는 문장에만 밑줄을 그어서는 안 된다는 점입니다. 이권우는 《각주와 이크의 책 읽기》(한국출판마케팅연구소, 2003)에서 각주의 독서와 이크의 독서를 구분합니다.

'각주의 독서'는 자신의 세계관과 감성을 옹호하고 보충하며 지지하는 책 읽기로, 기존의 세계관과 가치관을 적극적으로 옹호하고 그것의 가치를 높이 평가해 주는 책을 읽는 것입니다. 이런 책 읽기는 정체성을 확인하고 자신의 논리를 강화해 준다는 장점이 있습니다. 하지만 각주의 독서는 편견으로 가득 찬 완고한 성채에 자신을 가둘 수 있다는 맹점도 지닙니다.

'이크의 독서'에서 '이크'는 놀람을 표현하는 낱말로 지적 충격을 함축합니다. 이크의 독서는 자신의 성채를 허무는 고통스러운 책 읽기입니다. 하지만 자신의 낡은 세계관을 비판하고 버려야 할 점을 알아채는 것으로 자신을 깊고 넓게 만드는 책 읽기를 도모합니다. 이권우는 고통을 거쳐 거듭나는 자신의 모습을 지켜보는, 궁극적으로 행복한 책 읽기라고 합니다.

내가 '옳다'는 사실을 확인해 봤자 힘을 키울 수 있는 양식이 되지는 않습니다. 왠지 불편하고 낯선 문장에 밑줄을 그어 보면 어떨까요. 덧붙여, 무작정 표시를 하기보다 절이나 장을 다 읽고 표시하면 불필요한 밑줄을 긋는 일이 줄어듭니다. 그렇다면 표시를 하면 어떤 점이 좋을까요?

1) 강조

밑줄을 그어 둔 부분은 도드라지게 마련입니다. 중요한 부분이 강조됩니다.

2) 뇌에 밑줄 긋기

읽고 돌아가서 밑줄을 긋게 됩니다. 반복해 읽는 셈이죠. 흘려보낸 구절보다 더 오래 기억에 남습니다. 뇌에 밑줄을 긋는 셈입니다.

3) '내' 책으로 변신

내 생각이나 마음의 흔적이 남아 있는 책은 세상에 둘도 없는 나만의 책이 됩니다.

4) 시간 절약

예전에 읽었던 책을 인용하거나 참고로 삼을 때 보탬이 됩니다. 책을 훌훌 넘기며 밑줄 그은 부분만 살펴도 글의 핵심이 술술 읽힙니다.

5) 생각의 앨범

읽었던 책을 펼치면 예전에 밑줄 쳐 둔 부분을 보게 됩니다. 왜 이런 데 밑줄을 그었지? 알쏭달쏭한 부분도 있죠. 생각의 앨범이 됩니다. 예전에 읽은 책의 밑줄을 보고 지금 밑줄 그을 부분이 다르다는 걸 발견하기도 합니다. 책은 변하지 않았지만 '나'는 변해서입니다. 자신의 생각이 어떻게 바뀌었는지 그 궤적도 점검할 수 있습니다.

6) 서평 쓰기의 바탕

서평을 쓸 때 활용할 인용구를 모으거나 내 생각의 씨앗을 건질 수 있습니다.

빌린 책이면 밑줄을 긋기 어렵습니다. 이럴 때는 포스트잇을 활용하여 표시해 주세요.

5. 인용구 수집하기

서평자는 책의 장점이나 단점을 지적한 후 그것이 특히 잘 드러난 부분을 인용하여 보여 주는 경우가 많습니다. 따라서 책을 읽을 때는 인용할 만하다고 생각되는 부분을 미리 발췌하고 쪽수를 기록하여 모아 두는 것이 좋습니다. 이 작업을 수시로 해두면, 글을 본격적으로 작성하는 단계에서 인용할 부분을 다시 찾기 위해 책 속을 이리저리 헤매지 않아도 됩니다. 서평을 쓸 때 사용할 인용구를 따로 모아 두면 글쓰기가 수월해집니다. 글에 밀어 넣을 문장이 어느 정도 마련되어 있으니 백지에서 출발한다는 마음이 줄어듭니다. 이런 안도감은 글을 써나가는 추진력이 됩니다.

하지만 인용문을 활용하는 것이 단지 글의 분량을 채우기 위해서는 아닙니다. 어떤 인용구를 선택했느냐로 글쓴이의 개성이 드러나기도 합니다. 인용구는 글쓴이 자신이 쓴 문장이 아니지만 그 부분을 선택함으로써 글쓴이가 하고자 하는 말을 잘 나타낼 수 있습니다. 글쓴이 역시 자신의 생각을 일방적으로 발산하기만 하면 공부가 되지 않을 뿐만 아니라, 자신에게 익숙한 표현만 사용할 우려가 있습니다.

자신의 언어와 문장으로만 표현한다고 해서 반드시 독창적인 글이 되지는 않습니다. 인용문을 사용함으로써 그 인용문의 문맥과 자신의 문맥이 배합되어 또 다른 의미가 발생하고 독창성이 탄생합니다. 인용문을 어떻게 조화롭게 문맥 안에 넣느냐에 따라 글쓴이의 개성이 자연스럽게 나타나는 것입니다.

또한 인용구 활용은 글에 다양한 목소리를 끌어들입니다. 저자의 문장만 늘어놓으면 자신의 생각을 일방적으로 반복해서 쓸 우려가 있습니다. 한 사람의 목소리를 계속 들려주어 단조롭게 될 가능성이 있습니다. 서평에 쓸 인용구를 수집하여 저자의 목소리와 내 목소리가 어우러진 글을 준비합니다.

6. 한 줄만 건져도 좋다

밑줄을 긋거나 표시를 할 때 '한 줄만 건져도 좋다'는 마음가짐도 좋습니다.

> 책 속에서 우연히 발견한 나에게 의미 있는 한 대목, 어쩌면 단 한 구절만으로도, 책은 나의 분신이 된다.
>
> – 서머싯 몸

《그들은 책 어디에 밑줄을 긋는가》(도이 에이지 지음, 이자영 옮김, 비즈니스북스, 2017)는 "한 줄만 건져도 읽을 가치가 있다.", "인생은 하나의 밑줄로 움직이기 시작한다."고 말합니다. 이 책에는 한 줄 긋기의 힘을 보여 주는 여러 사례가 등장합니다. 이를테면 빌 게이츠는 서재 천장에 《위대한 개츠비》의 이 구절을 새겨 두었다고 합니다.

> 그는 먼 길을 지나 이 푸른 잔디밭에 이르렀다. 그리고 그의 꿈은 너무나 가까이 다가와 있어서 그걸 놓치는 일은 거의 있을 수 없어 보인다.

강상중은 《청춘을 읽는다》(돌베개, 2009)에서 "죽음의 그림자를 두려워하며 불안에 떨었던" 열일곱 살 때를 이야기합니다. "어두운 밤, 잠들지 못하고 천장을 바라보고 있노라면 죽음의 공포가 몸속으로 서서히 밀려오는 것 같은 느낌이 나를 엄습하곤 했다. 그러나 한편으로 내 속에는 남아돌 정도로 에너지가 충만했고 처치 곤란할 정도로 활력이 넘쳐흘렀다. 더 나은 삶을 살고 싶다. (…) 그런 때였다. 아쿠타가와 류노스케의 얄궂은 경구와 맞닥뜨린 것은."

인생은 한 갑 성냥을 닮았다.
소중하게 다루는 건 어리석고,
소중하게 다루지 않으면 위험하다.

열일곱 살의 작가에게 이 한 줄은 빛이 되어 줬습니다. 나를 '움직인 구절'을 발견한다면 충분합니다.

《정희진처럼 읽기》(교양인, 2014)에서 정희진 작가는 토지를 읽고 다음과 같은 서평을 씁니다.

그렇다면 나는 열 몇 권의 《토지》에서 무엇을 배웠나? 없다. 《파시》(波市), 《김약국의 딸들》을 훨씬 좋아한다. 일단 대하소설은 서사 아니, 거대 담론이지 소설(小說, 작은 이야기)이 아니다. 《토지》에서 얻은

> 것. 몇 권 째인지도 모르고 정확하지도 않지만, 독립군들이 지리산 깊
> 은 산사에 묻어둔 소금에만 절인 오래 묵은 무청 김치와 더덕주의 향
> 기에 대한 상상이다. 이 정도면 투자 대비, 상당한 성과다.

끝까지 다 읽지 않았더라도 울림을 주는 구절을 만났다면 그걸
로 충분하기도 합니다. 딱 한 줄도 좋습니다. 나를 움직인 그 말을
찾기 위해 책을 펼쳐 보세요.

좀더 길게 '블록 인용'을 할 수도 있습니다. 비교적 긴 인용문을
하나의 블록으로 만들어 본문의 행 사이에 넣는 인용 방식을 블록
인용이라고 합니다.

> 입술의 모양과 손짓과 눈빛으로 대화하는 것은 아름답다. 뜨개질하
> 듯 손으로 말을 엮는 게 좋고, 서로의 눈과 입술을 보며 집중하는 게
> 좋다. 그 순간엔 세상에 단둘만 있는 느낌이다. (중략) 실제로 나는 손
> 안에 투명한 새 한 마리를 기르는 느낌으로 수화를 하며 다닌다. 새를
> 쓰다듬듯이.
> 　내 귀가 안 들리는 이유를 물으면 엄마는 언제나 고래처럼 귀지가
> 많아서라고 했다. 이동기와 번식기에는 두께와 색이 달라지는데 그래
> 서 나이테처럼 살아온 이력이 귀지에 그대로 새겨진다고 한다.
> 　　　　　　　 － 정은, 《산책을 듣는 시간》, 사계절, 2018, 7~8쪽.

《산책을 듣는 시간》은 소리를 듣지 못하는 소녀를 통해 소리가 들리지 않는 세계의 풍성함을 담아낸 소설입니다. 침묵의 세계에서 오가는 수화를 '새'에 빗댄 이 부분은 소설의 특성을 잘 보여 줍니다. 이렇게 작품에서 자신의 생각을 잘 뒷받침해 주는 부분을 골라내고 이 부분이 어떻게 자신의 견해를 뒷받침하는지를 보여 주면 됩니다. 적절한 블록 인용은 글쓴이의 생각을 잘 드러내는 예시가 될 뿐 아니라 작품이 지닌 매력을 맛보는 기회를 제공합니다. 다만 인용한 대목이 너무 길어지거나 인용에 비해 분석 내용이 너무 짧은 것은 바람직하지 않습니다. 자칫하면 인용만 하다가 글쓴이의 생각을 담아내지 못할 수 있기 때문입니다.

7. 책을 더럽히자

서평을 잘 쓰려면 메모하는 것도 좋습니다. 책에 나온 모든 내용과 그 내용이 어디에서 나오는지, 책과 관련된 다양한 정보와 출처를 모조리 기억하기는 어렵기 때문입니다. 메모는 외장하드처럼 여러분이 책을 기억하는 데 도움이 됩니다. 책 내용을 요약하는 메모, 책에서 중요하다고 생각되는 부분만 적어 둔 메모, 책을 읽으면서 떠오른 내 생각을 기록한 메모, 책을 읽으면서 조사한 정보를 기록한 메모 등을 바지런히 모아 둡시다. 빈 문서를 처음부터 채우는 건 버겁습니다. 메모는 백지를 첫 줄부터 채워야한다는 부담감을 덜어 줍니다. 서평에 무슨 내용을 쓸지 정할 때도 메모들을 살피고 골라내 적절한 순서로 배치하면 서평의 개요를 짜는 데 보탬이 됩니다.

군이 메모지를 따로 준비하지 않아도 됩니다. 책에는 의외로 여백이 많습니다. 여백에 책을 읽다가 떠오른 질문이나 그에 대한 답, 책의 내용을 요약하거나 흐름을 파악한 부분을 적어 두세요.

메모를 통해 적극적으로 작가와 대화를 나누면 좋습니다. 백분토론을 하듯, 랩을 하듯, 저자의 의견에 자기 의견을 댓글로 붙이는 겁니다. 공부를 한다고 마음먹고 잘 모르는 부분을 표시해 두는 것도 좋습니다. 은근슬쩍 넘어가지 말고 의문점을 써놓는 것입니다.

메모는 완전한 문장이 아니라 간단한 어구나 용어 정도로 표시해도 충분합니다. 메모를 할 때는 책의 맨 앞이나 뒤에 붙은 여백을 이용하면 좋습니다. 여기에는 책을 읽고 떠오른 '키워드'를 적어 둡니다. 일종의 '태그'를 달아 주는 겁니다.

손으로 메모를 하면 뇌가 활성화됩니다. 과학자들은 손을 '제2의 두뇌' 혹은 '밖에 나와 있는 뇌'라고 합니다. 손을 움직이면 머리가 활발히 움직입니다.

모티머 애들러는 《독서의 기술》(민병덕 옮김, 범우사, 1993)에서 책 앞부분의 빈 책장은 자기 생각을 메모하기에 가장 좋은 자리라고 합니다. 여러분의 메모로 책을 까맣게 물들여 봅시다.

메모의 과정은 다음과 같습니다.

1. 책을 다 읽은 후에 맨 뒷부분의 빈 책장에 자기만의 색인을 적는다.
2. 다시 맨 앞으로 돌아와 책의 대략적인 내용을 메모한다.

책의 모든 내용을 자세히 적을 필요는 없고, 책의 전체적인 개요를 적고 각 장별 순서를 차례로 기록해도 좋다고 합니다.

낙서도 도움이 됩니다. 책을 읽고 떠오른 이미지를 자유롭게 그려 보세요. 잘 그릴 필요는 없습니다. 이 구절을 읽었을 때 파란 하늘에 구름 한 조각이 떠올랐다, 해바라기가 가득 찬 들판이 떠올랐다, 쓸쓸히 걸어가는 남자의 뒷모습과 긴 그림자가 떠올랐다는 것도 이미지를 포착한 것입니다. 스케치 메모는 책을 읽을 때의 감성을 모아 줍니다. 그 구절에서 떠오르는 이미지를 채집해 보세요.

매트릭스 메모(Matrix memo)로 사고를 확장시킬 수도 있습니다. 먼저 중심이 되는 주제나 키워드를 종이 한가운데에 적고, 나무가 가지를 뻗듯 거기서 파생되는 여러 의문점을 써서 연결해 나가는 것입니다. 다음은 헤르만 헤세의 《데미안》에 읽고 자란 질문들을 나열한 것입니다.

주인공은 싱클레어인데, 왜 제목은 데미안인가?

데미안이란 존재는 싱클레어에게 어떤 의미인가?

싱클레어는 어떤 사람들을 만나는가? 그들은 어떤 의미를 지니는가?

소설 끝에서 왜 데미안이 죽고, 싱클레어는 살아남는가?

이 대목에서 '거울'은 왜 등장하나?

이 작품을 성장소설이라고 할 수 있나? 그렇다면 싱클레어는 어떻게 변했는가?

이 책을 읽고 떠오른 다른 책들의 제목을 써두어도 좋습니다. 같은 주제를 다룬 다른 저자와 대립되는 점, 비슷한 점, 참고가 될 다른 책의 제목과 쪽수 등을 써둡니다.

메모는 아이디어를 발견하고 생각을 간추리는 데 도움을 줍니다. 발명가 토머스 에디슨은 탐욕스러운 독서광으로 여러 분야의 책을 고루 탐독했다고 합니다. 그가 평생 동안 읽은 책은 350만 페이지에 이르는데, 매일 한 권씩 읽었다고 치면 30년에 걸쳐 읽을 분량입니다. 그는 메모광으로도 유명했는데, 보거나 들은 것은 뭐든지 주머니에 넣고 다니는 노란 표지의 노트에 곧바로 옮겨 적었다고 합니다. 그렇게 일생에 걸쳐 기록한 메모 노트가 발견된 것만 3,400권에 달한다지요. 에디슨은 이런 메모로 끊임없이 두뇌를 자극하고 아이디어를 수집했다고 합니다. "천재는 1퍼센트의 영감과 99퍼센트의 메모로 만들어진다."

메모는 그 책을 '나'의 책으로 만드는 방법이기도 합니다. 색 바랜 글씨, 닳은 귀퉁이, 접힌 자국, 손때 묻어 생긴 얼룩, 낙서는 그 책과 내가 대화를 나눈 기록입니다.

8. 북/노트 만들기

책을 깨끗이 봐야 하는 것으로 보는 대신 노트라고 생각해 보세요. 최대한 내 손길과 생각을 더해 나만의 책으로 만들어 볼까요?

어떤 책은 샅샅이 조사해 내 것으로 만들 필요가 있습니다. 나의 생각, 느낌, 손때와 시간이 묻은 책은 오로지 나만의 책이 됩니다. 단번에 이해되지 않는 책을 읽을 때 유용한 방법입니다.

책을 많이 읽은 친구들이 책을 '잘' 읽는 것은 다년간의 독서로 눈알을 굴리는 속도가 빨라져서가 아니라(조금은 그럴지도), 다양한 분야를 접해 배경 지식을 쌓아 뒀기 때문입니다. '덜' 낯선 것이죠. 이런 바탕을 이루는 것을 '배경 지식(스키마)'이라고 합니다.

어떤 책에 대해 조사를 하면 그 책을 이해하는 데 보탬이 되는 '스키마'를 만들 수 있습니다. 책을 읽고 공부하는 노트를 만들어 주는 것도 정확하고 꼼꼼하게 읽는 데 도움이 됩니다. 서평에는 책에 나온 내용뿐만 아니라 책을 둘러싼 다양한 정보도 함께 다루는 경우가 많습니다. 저자나 책의 탄생 배경과 관련된 이야기 등의 조사 내용은 서평을 풍성하게 만들어 줍니다.

우선 이 책을 이해하기 위해 무엇을 조사해야 하는지, 내가 지닌 문제의식이 무엇인지를 기록해 두세요. 이런 목표를 정해 두어야 헤매는 일이 줄어듭니다. 목적 없는 조사는 시간을 낭비하는 일이 되기 쉽고, 자료를 이해하며 사고하는 시간도 빼앗아 갑니다. 인터넷 서핑으로 관련 링크를 타고 다니다 보면 애초에 무엇을 검색하고자 했는지 잊어버리게 되는 식으로요. 따라서 조사하기 전에 반드시 목적을 설정해야 합니다. 이렇게 목표를 분명하게 정해 두면 정보를 받아들이는 속도도 빨라집니다.

그럼 책을 읽을 때 따로 조사하면 좋은 내용은 무엇일까요?

1) 핵심 개념 조사

이 책에 나오는 핵심 개념을 대해 조사하는 것입니다. 전상인의 《편의점 사회학》(민음사, 2014)에는 이 책의 핵심 개념인 '편의점'이란 단어의 뜻을 다음과 같이 상세하게 밝힙니다.

편의점은 유통분야에 속하는 소매업의 일종이다. 편의점은 영어 convenience store의 번역인데, 영어식 약어로는 'CVS(Con Venience Store)'다. 편의점이란 형태의 소매업은 20세기 미국에서 태동했다. 따라서 편의점의 개념을 살펴보려면 일단 미국에서부터 출발하지 않을 수 없다. 미국 편의점협회에 의하면 "편리한 장소에 위치함으로써 공중(公衆, publish)이 음식과 유통 등 다양한 종류의 소비재와 서비스를 신속하게 구매할 수 있도록 하는 것을 주된 목적으로 하는 소매업"이 편의점이다.

특히 전문 서적이나 어려운 책일 경우, 글에 등장하는 개념이나 단어의 정의를 알면 접근하기 수월해집니다. 학문이란 그 분야에서만 쓰이는 '개념과 용어'의 집합이기도 합니다. 이런 단어나 개념은 수학 기호나 음표와 같습니다. $+$, $-$, $\div$, $\times$라는 기호의 의미를 알아야 계산을 할 수 있죠.

어떤 작가는 서두에서 자신이 이 단어를 어떤 의미로 사용했는지를 밝히기도 합니다. 그러나 독자가 알겠거니 하고 (특히 전문 분야 서적은 동류의 전문가를 독자로 상정하기 때문에) 넘어가는 경우도 많습니다. 일일이 사전에서 찾으면서 책을 읽는 방법도 있지만, 잘 모르는 단어는 표시해 두고 한꺼번에 찾는 편이 책의 흐름을 잡아 가는 데 보탬이 됩니다.

중요하게 쓰인 낱말의 '어원'을 추적해 말의 뿌리로 돌아가 보는 방법도 있습니다. 파시즘(fascism)의 어원은 고대 로마 공화정의 최고 정무관인 콘술(consul, 집정관)을 상징하는 일종의 왕의 홀,

즉 '파스케스(fasces)'이며, 파스케스는 콘술의 징벌권을 표상하는 도끼를 나뭇가지들로 한데 동여맨 형태였다고 합니다. 이런 어원 추적을 통해 파시즘이 폭력과 관련된 권위와 연결된다는 점을 인지할 수 있습니다. 어원 추적은 그 말의 기원을 살펴 의미를 또렷하게 만들어 줍니다.

프랜차이즈라는 말은 'Frank+ize'에서 나온 것으로 오늘날 프랑스인의 먼 조상인 '프랑크 사람처럼 만든다.'는 뜻이다. 고대 로마 제국의 북쪽에 살던 프랑크 족은 잔혹하기로 소문난 '야만족'이었다고 한다. 로마 제국은 유명한 바루스(Varus) 장군을 보내고서도 프랑크 족 진압에 실패했다고 알려져 있다. 프랑크 족은 로마 치하에서 한 번도 노예로 산 적이 없다. 'franca'는 '던지는 무기' 곧 도끼를 의미했는데, 그들은 도끼를 매우 능숙하게 사용했던 모양이다. 로마가 멸망한 이후에도 프랑크 족의 추장들은 새로운 땅을 정복한 다음 부족들에게 광산이나 농장과 같은 주요 자원에 대해 사업권을 넘겨주는 대신, 로열티를 강제하는 방식으로 해당 지역을 지배했다고 한다. 국가 자원이나 주요 사업권을 넘겨주는 것을 '프랑크 족처럼 대하다'라는 의미에서 오늘날 'franchise'로 부르게 되었다는 주장이다.

— 조선일보, 2013. 4. 13.

용어나 이론은 특정한 '바탕'에서 태어납니다. '베스트팔렌 조약'을 달랑 외우는 대신에 이 조약이 어떤 맥락에서 발생했으며 무엇의 결과물인지를 알면 무작정 외우는 것보다 더 오래 머릿속에 남겠죠. 이 말이 왜 나왔는지 맥락을 살피는 것도 좋습니다. 울리히 벡의 《위험사회》(홍성태 옮김, 새물결, 2014)에서 작가는 '위험(risk)'이란 용어가 어떻게 탄생했으며 어떤 변화를 거쳤는지를 서술합니다. 원래 위험(risk)이란 용어는 17세기 스페인의 항해술 용어에서 나온 것인데 '위험을 감수하다', '암초를 뚫고 나가다'라는 의미였습니다. 따라서 위험은 부를 얻으려면 당연히 감수해야만 하는 난관이라는 함의를 갖게 되었습니다. 하지만 시간이 흘러 산업사회가 들어서면서 위험은 부를 위해 감수해야 하는 우연적 난관이 아니라, 체계적으로 생산되는 정상적인 개연성으로 변모했다고 합니다. 이런 용어의 변화에 따라 산업사회는 '구조적 위험으로 가득 차 있는 참으로 아슬아슬한 위험사회'를 맞이했다는 겁니다. 이런 용어의 변화 양상을 차분히 설명하는 것만으로도 작가가 전달하고자 하는 핵심 내용을 집어낼 수 있습니다.

저자가 그 용어를 어떤 의미로 사용했는지 파악하는 것이 중요합니다. 단어는 보통 여러 가지 뜻으로 쓰입니다. '사랑', '행복', '진보' 등의 단어는 품은 뜻이 무궁무진해서 자칫하면 애매모호하게 이해될 우려가 있습니다. 저자는 이 단어를 어떤 의미로 사용하는지를 파악해야만 서로 이야기를 잘 주고받을 수 있습니다. 특히 전문 서적의 경우 그 분야에만 쓰이는 특수한 어휘나 개념이 있습니다. 그것의 의미를 파악해야만 원활한 독서가 가능합니다. 이럴 경우에는 모르는 낱말을 표시하고 관련 분야를 다룬 사전을 참조하는 것도 좋은 방법입니다.

사전에 실리지 않는 낱말도 있습니다. 저자가 자신의 생각을 담기 위해 용어를 만들어 낸 경우도 있거든요. 작가의 조어(造語)에 담긴 의미를 파악하는 것은 책 전체를 이해하는 데 중요합니다.

> '유머니즘'은 '유머'와 '휴머니즘'을 조합한 것으로, (…) 유머를 위한 유머가 아니라 인간애로 연결되는 유머라는 의미가 그 안에 담겨 있다.
>
> – 김찬호, 《유머니즘》, 문학과지성사, 2018.

용어와 개념의 정체를 밝혀낼 필요가 있죠. 모르는 용어가 나오면 '사전'이 도와줄 겁니다. 검색도 보탬이 됩니다.

2) 작가 조사

'그 나무에 그 열매'라는 말이 있습니다. 책은 어떤 작가가 낳은 산물이기에 작가를 이해하면 책에 다가가는 길이 열린다는 것이죠. 작가를 다룬 평전도 읽으면 좋습니다. 츠바이크의 《발자크 평전》, 사르트르가 플로베르에 대해 쓴 《집안의 천치》, 김화영의 《발자크와 플로베르》, 송우혜의 《윤동주 평전》 등등 작가를 다룬 책은 수두룩합니다.

작가가 자신의 문학론을 다룬 책도 깊은 이해에 보탬이 됩니다. 톨스토이의 《예술이란 무엇인가》, 오에 겐자부로의 《오에 겐자부로, 작가 자신을 말하다》, 위화의 《글쓰기의 감옥에서 내가 발견한 것》 등 여럿입니다. 《작가란 무엇인가》 시리즈처럼 작가를 인터뷰하여 육성을 기록한 책도 참고가 됩니다. 이런 작가론은 글 쓰는 사람의 자세를 갖추는 데도 보탬이 됩니다.

작가를 조사하면서 그 작가의 다른 작품을 읽으면 좋습니다. 궁합이 맞는 작가의 전작을 읽는 방법을 '전작주의' 독서법이라고 합니다. 한 작가와 오래도록 어울리는 것입니다. 이를테면 '박완서 주간', '10월은 헤세의 달', '겨울방학 홈즈 특집' 이런 식으로 스스로 기획하여 한 작가의 작품을 읽어 나가는 것입니다.

작가들은 쓰려는 이야기의 특성에 걸맞은 방법을 구사합니다. 이 이야기는 진실을 밝히는 게 중요하니까 추리소설 기법으로 쓰면 어떨까. 이번엔 인물을 중심으로 일대기 식으로 펼쳐 봐야겠다. 투수가 직구와 변화구를 적절히 섞듯이 작가는 작품마다 다른 방법을 구사합니다. 한 작가의 작품을 꾸준히 읽다 보면 이런 변화가 눈에 들어오고, 주제가 어떻게 변주되는지 알 수 있습니다.

전작 읽기를 시도할 때는 되도록 초기작부터 차례로 읽으면 좋습니다. 필모그래피에는 그 작가의 일생이 녹아들어 있습니다. 나이를 먹으며 관심사가 달라지고 깊어지는 것이 보입니다. 한 작가의 일생에 걸친 작업을 따라감으로써 한 사람의 고민과 세월이 입체적이고 연속적으로 다가옵니다.

3) 책의 친구를 찾는다

책을 이해하기 위해 동료들을 호출하는 방법도 활용하면 좋습니다. 이 책을 바탕으로 만든 영화, 드라마, 웹툰 등의 이차 저작물도 보탬이 됩니다. 또한 같은 주제를 다룬 어린이용 도서나 청소년용 도서를 읽으면 이해의 발판이 마련됩니다.

이 책이 해당하는 분야의 책들로 '범위'를 넓혀 주는 방법이 있습니다. 이럴 때는 참고문헌 목록을 활용하면 좋습니다. 주석(註釋)에서 빈번하게 언급되는 책들을 살피는 것도 좋겠죠.

이 책이 속한 분야의 다른 책을 읽는 것도 이해의 지평을 넓히는 방법입니다. 책이 놓인 자리를 정당하게 평가하려면 이 책의 저자와 상반된 의견을 내세운 책을 보는 것도 좋습니다.

책 한 권을 꼼꼼히 살피면 고구마 줄기를 당기듯 여러 지식들이 줄줄이 딸려 나옵니다. 책 한 권을 더 넓은 세상으로 나아가는 '문'으로 삼는 것입니다. 책을 샅샅이 발라 먹는 연구로, 독서는 공부가 됩니다.

이렇게 작성한 북/노트는 내 재산이 됩니다. 시간이 지나 열정의 흔적이 묻어 있는 노트를 보면 뿌듯하겠죠. 내 정신의 성장이 담긴 나이테를 확인하는 셈이니까요.

4) 내용뿐만 아니라 '어떻게'를 살핀다
– 저자의 내용 전개 방식에 대한 나의 생각 메모

서평자는 책의 내용에 대해서만이 아니라 그 내용을 저자가 '어떻게' 제시했는가에 대해서도 살핍니다. 우리는 시험을 보기 위해 주로 어떤 내용이 나왔고, 주제는 무엇인지를 주로 살폈습니다. 작품의 내용을 이해하고 작가가 하고 싶은 말을 아는 것도 중요합니다. 그런데 어떤 내용이 우리에게 잘 다가오는 건 그에 맞는 적절한 형식이 마련되었기 때문입니다. 소설을 예로 들면, 화자는 누구이고 단락은 어떻게 나눴는지를 살피는 식입니다. 작가가 어떤 전략을 발휘해 내용을 전달했는지를 알아봅시다. 목차 순서를 어떻게 정했는지, 주로 어떻게 논증해 나갔는지, 자료를 제시하는 방식이나 문체에서 특징적인 점은 없었는지 등을 살펴볼까요?

이처럼 내용 전개 방식상의 특징을 파악한 후에는 그런 방식이 책의 핵심 메시지를 독자에게 전달하는 데 얼마나 효과적이었는지를 평가해 보세요. 효과적이라고 평가하든 그렇지 않다고 평가하든, 왜 그렇게 생각했으며 책의 어느 대목에서 그것을 잘 확인할 수 있는지 적어 보세요.

4장

읽고 나서
끄적끄적

글쓰기가 익숙하지 않으면 깊이 생각하지 않고 글을 읽거나 쓰기 십상입니다. 무작정 쓴 글은 위태롭습니다. 설계도 없이 재료를 되는대로 쌓아 만든 집을 생각해 보세요. 아슬아슬하고, 들어가 살기 겁나겠죠.

중구난방인 서평은 술술 읽히지 않습니다. 더군다나 그 책을 읽지 않은 사람에게 '장황한 서평'은 고역일 따름이죠.

글을 어떻게 구성할 것이고 어떤 내용을 쓸지를 먼저 생각해 둡니다. 그래야만 이해하기 쉽고 말하는 바가 또렷한 글이 됩니다. 먼저 책 내용을 '전부' 요약해야 한다는 강박에서 벗어나야 합니다. 그러려면 무엇을 이야기할 것인지 정해야 하죠. 서평의 '주제'를 정해야 합니다. 서평 쓰기 전에 밑그림부터 그려 보세요.

1. 정리하기

사람들은 글쓰기가 머릿속에 있는 것을 단순히 끄집어내는 것이라고 생각하지만, 글을 쓰려면 그에 앞서 다양한 자료를 확보해 놓아야 합니다. 정리하는 과정에서 어떻게 써야 할지 줄기가 잡히는 경우도 많습니다. 서평을 쓸 좋은 아이디어가 잡히기도 하죠. 처음부터 요약된 이야기를 쓸 수는 없습니다. 전체 내용을 정리한 뒤, 이를 통해 '핵심'을 뽑아내는 것이 좋습니다.

정리에 유용한 방법은 다음과 같습니다.

1) 둘로 쪼개기

저자의 주장	나의 생각

일단 종이를 둘로 나누고, 왼편에는 책의 요약 내용을 적고 오른편에는 자신의 의견을 적습니다. 이 책의 핵심과 내가 말하고자 하는 핵심을 잡아내는 것입니다. 이렇게 추출한 내용을 두고 우선순위를 정합니다.

1. 저자의 의도와 책의 핵심
2. 내가 가장 중요하다고 느낀 부분
3. 내가 다음으로 중요하다고 생각한 부분 / 저자의 의견 인용

차례는 정해져 있지 않습니다. 2-1-3의 방법, 3-2-1도 가능합니다.

2) 덩어리로 묶기

비슷한 정보끼리 묶으면 생각이 정리됩니다. 이때 문방구에서 파는 메모리 카드나 이면지를 잘라 만든 종이를 활용하세요.

1. 카드 낱장을 펼치고, 카드마다 적당한 제목(키워드 등)을 붙인다.
2. 주제와 관련이 있는 단어, 구절, 짧은 문장 등을 한 장에 한 항목씩 적는다.
3. 책상 위나 바닥에 늘어놓는다.
4. 늘어놓은 종이를 한 장씩 주우며 그와 관련된 종이가 없는지 살핀다. 있다면 묶음으로 포개 놓는다. 이때 절대로 종이를 분류해서는 안 된다. 논리적 연관성을 찾는 것이 중요하다.
5. 분리된 자료를 연결시킨다.
6. 카드 묶음에 제목을 붙이며 전체적인 구성을 생각한다.

2. 포인트 잡기

어떤 책을 읽고 서평을 쓸 때 책의 내용 전체를 다루기는 힘듭니다.

무엇을 이야기할 것인지 포인트를 정하고, 글의 내용을 그 포인트를 중심으로 모아 주세요. 중구난방이 줄어듭니다. 이 이야기를 하다가 저 이야기를 하는 갈팡질팡하는 서평은 읽히질 않습니다. 이를테면 《백석의 맛》(소래섭 지음, 프로네시스, 2009)은 백석 시의 '음식'이 중심인 책입니다. 백석 시로 다가가는 여러 갈래 길 중 저자는 '음식'을 포인트로 잡은 것이죠. 책의 내용을 모아 줄 수 있는 몇 가지 방법을 알아볼까요?

1) 질문하기

질문은 생각을 모아 줍니다. 책장을 덮고 자신에게 물어보세요.

> 이 책을 읽고 '새롭게' 안 것은 무엇인가?
> '새삼' 깨달은 것은?
> '고쳐' 생각한 것은 무엇인가?

이런 서평을 위한 질문법을 줄여서 'KWL'이라고 합니다.

K: Know(알고 있는 점), 읽기 전에 이 책과 연관되어 알고 있는 것을 떠올린다.

W: Want(알고 싶은 점), 읽는 동안 내가 알고 싶은 것을 질문하여 읽는다.

L: Learn(알게 된 점), 책을 읽고 나서 알게 된 새로운 정보를 정
리한다.

책을 읽는 목적은 '달라지기 위해서입니다.' 무언가 새로 알고
깨달은 점이 있다면 그것이 무엇인지를 파악하는 것이 서평의 핵
심이 됩니다. "영화를 보고 난 뒤 1층으로 들어온 사람이 2층으로
나가는 듯한 느낌이 가장 좋습니다.(미야자키 하야오)", "책은 우리
내면의 얼어붙은 바다를 깨는 도끼여야 한다.(카프카)" 그 책에서
어떤 점이 자신을 흔들어 놓았는지를 스스로에게 물어 보세요. 문
제를 발견하는 것은 중요합니다. 이 의문을 문제 제기로 바꾸면
논지를 구성하는 흐름이 생겨납니다.

질문지를 작성하여 채워 가는 방법도 있습니다. 《횡설수설하지
않고 정확하게 설명하는 법》(고구레 다이치 지음, 황미숙 옮김, 갈매
나무, 2017)에 등장하는 '텐프렙의 법칙'을 활용해 봅시다.

Theme (주제)	지금부터 무슨 이야기를 할 것인가?	
Number (수)	하고 싶은 이야기가 얼마나 되나?	
Point (요점, 결론)	전달하고 싶은 내용을 한 마디로 요약하면?	

Reason (이유)	어떻게 그렇게 말할 수 있는가?	
Example (예)	어떤 사례가 있는가?	인용구
Point (재확인)	재확인	이 책은 ( )을 다룬 책입니다.

2) 입장과 근거

서평은 어떤 책에 대해 '논하는' 글입니다. 자기 생각을 그냥 쓰는 작문과 달리 어떤 책에 대한 자기의 의견을 조리를 세워 말하는 것입니다. 책에 나온 내용을 나열하면 단순한 해설이거나 자료 인용에 그칠 우려가 있습니다. 앵무새가 아니라 자기 목소리로 노래하는 새가 되어야 합니다. 저자의 목소리를 그대로 옮기지 말고 내 목소리로 바꿔 지즐댑시다. '나'는 이 책을 어떻게 보았나, 어떤 생각을 했냐는 등의 '의견'을 간추리면 글쓰기의 방향 설정에 도움이 됩니다. 이 책에 동의하는가, 동의하지 않는가를 정하고 그 근거를 드는 것으로 서평을 전개할 수 있습니다. 의견만 주장하는 것은 통용되지 않습니다. 책에 대해 왜 그런 입장을 가졌는지를 뒷받침할 근거도 생각해 둬야 합니다. 무턱대고 자기 주장만 내세우고 감정적으로 싫다고 하면 설득력을 갖기 어렵습니다. 객관적인 분석이나 자신의 의견을 뒷받침할 만한 것이 없고 자기 의견만 내세운다면 읽은 사람이 공감하기 어렵습니다. 자칫 트집을 잡거나 따지려는 것처럼 보이기 십상입니다. 조리 있게 비판해야 합니다. "트집을 잡거나 반박하려고 책을 읽어서는 안 된다. 무조건 믿거나 그대로 인정할 생각으로 읽어서도 안 된다. 이야깃거리나 설교 자료를 구하려고 읽지도 말라. 다만 깊이 생각하고 성찰하기 위해 읽어야 한다.(베이컨)"

또한 비판에 앞서 자신이 이 책을 얼마나 이해했는지 따져 봐야 합니다. 자칫 '오해'하거나 사소한 부분을 물고 늘어지는 것은 아닌지를 궁리해 보세요. 나는 '저자와 생각이 다르다'는 선언이지 설득이 아닙니다. 비평의 기준은 다음과 같습니다.

1. 저자가 잘 알지 못하거나 잘못 알고 있는 부분을 제시한다.
2. 저자가 논리적이지 못한 부분을 제시한다.
3. 저자가 분석한 내용이나 설명이 불완전한 내용을 제시한다.

책에 대한 입장을 확실히 밝히는 글은 애매모호하게 둘러친 글보다 힘이 셉니다. 이 책의 가치에 대한 판단을 슬그머니 숨기고 민둥민둥하고 데면데면하고 우유부단한 글보다는 '확실한' 입장이 있는 글이 보탬이 되기도 합니다. 자신이 내세운 주장을 어떻게든 밀고 나가자는 각오와 책임감이 생겨 글이 탄탄해질 것입니다.

상반되는 주장을 모두 다룰 수도 있습니다. 반대 의견까지 끌어안는 겁니다. 평소에 훈련 삼아 '반대'를 생각해 보는 건 어떨까요. 모두 A를 나쁘다고 하지만 꼭 그렇지 않다는 논거는 없을까? 모두 A가 정답이라고 하는데 과연 그런가? 이 훈련은 일반론에 매몰되지 않는 나를 키우는 방법입니다. 또한 그 책을 옹호하고자 할 때 부러 '아쉬운 점'도 짚어서 반대 의견까지 싸안을 수도 있습니다. 반론까지 예상하며 이에 적절하게 대처할 때 글의 설득력은 더욱 높아지겠죠.

책을 읽고 발견한 아쉬운 점, 보완점을 적어도 좋습니다. 물론 꼼꼼하게 살펴도 단점이 발견되지 않는 책이라면 굳이 트집을 잡듯 비판 내용을 적을 필요는 없습니다. 장점과 단점을 이분법으로 나누어 생각하지 않아도 됩니다. 서평의 목적은 이 책의 특징을 소개하고 가치를 찾는 것입니다. 특출난 점, 아쉬운 점은 모두 서평 대상인 책이 지닌 특성인 겁니다.

흔히 '비평'이나 '비판적으로 읽는다'는 말을, 단점을 찾아내어 공격한다는 뜻으로 생각하는 경우가 많습니다. 하지만 서평은 책을 부정적으로 평가하는 것이 아니라 '정확하게' 평가하는 것입니다. 따라서 이 책의 장점이 보이면 장점을, 단점이 보이면 단점을 그대로 쓰는 것이 적절하며 정직한 글쓰기 방법입니다.

3) 키워드 추출

그 책에서 가장 빈번하게 등장하는 단어가 무엇인지 찾아보세요. 그 낱말은 책의 핵심 키워드일 가능성이 높습니다. 태그를 달듯 이 책의 키워드를 다섯 개만 찾아보세요.

《시의 힘》(서경식 지음, 현암사, 2015)

재일 조선인 디아스포라, 강연집, '시' 인용, 시의 힘, 일본 사회 진단, 일본의 전쟁 책임, 문학의 역할

이 키워드를 연결시키면 서평의 골격이 세워집니다. '키워드'는 책을 꿰뚫어 해석할 실마리가 되기도 합니다. 세계의 종교를 다룬 《신의 나라 인간 나라》(이원복 지음, 두산동아, 2002)는 이슬람교, 유대교, 기독교의 차이를 '예수의 신학적 지위에 대한 차이'로 잡고 그 키워드를 중심으로 세 종교를 정리합니다.

예수를 어떤 존재로 보느냐가 세 종교의 차이라는 말인데, 결국 기독교에선 예수를 신으로 보고 이슬람은 신으로 보지 않는다는 말이다.

키워드 3개를 찾고, 그 셋을 연결해 보세요. 삼각형 꼭짓점에 각각 키워드를 쓰고 연결 고리를 만들어 주면 글이 됩니다.

예 카프카 《변신》

4) 핵심 문장 만들기

키워드가 단어라면, 이들 단어를 이어 문장을 만듭니다. 글을 전체적으로 구성하는 작업을 할 때 키워드를 문장으로 만들면 좋습니다. 키워드를 '무엇은 무엇이다'라는 식의 짧은 문장으로 만들면 저자의 생각이 압축됩니다. 주제 문장이라고 할 수 있겠죠. 저자의 핵심 문장을 찾아냅니다. 이 문장은 저자가 중요하게 생각하는 단어와 자신이 중요하게 생각하는 단어의 조합으로 만들어집니다.

《우승열패의 신화》(박노자 지음, 한겨레신문사, 2005)

이 책은 한국 역사에서 '힘 숭배' 수용의 몇몇 초기 단계를 짚어 승자독식의 사회가 어떻게 만들어졌는지를 보여 준다.

> 《벨기에 물고기》(레오노르 콩피노 지음, 임혜경 옮김, 지만지, 2017)
>
> 이 희곡은 40대 남자와 열 살 소녀가 우연히 만나 서로를 돌보며 상처를 벗고 자신을 찾는 이야기다.

핵심 문장을 만들면 책의 알곡을 잡아낸 셈입니다. 글의 시작을 '이 책은 ~을 다룬 책이다.', '저자는 ~라고 한다.'라는 식으로 열면 좋습니다. 그렇다면 서두에 할 말을 다 한 셈입니다. 요점부터 잡아내는 것입니다. 그 뒤의 글은 이런 핵심 문장이 나온 근거, 이에 대한 자신의 생각을 밝히는 식으로 전개하면 됩니다.

5) 3POINT 연결하기

책을 읽고 좋았던 부분 3개와 의문스럽거나 이상한 부분 3개를 골라냅니다. 자신이 하고픈 말을 붙입니다. 왜 재미있었을까? 어째서 의문스럽거나 이상했을까? 다음으로 어떤 순서로 전개할지 순위를 매깁니다.

좋았던 부분	의문스럽거나 이상한 부분
1.	1.
– 이유	– 이유
2.	2.

– 이유	– 이유
3.	3.
– 이유	– 이유

6) 자유 연상

정리를 하겠다는 생각을 하지 마시고 떠오르는 것을 나열해 보세요. 이때 중요한 건 '손'으로 적는 것입니다. 컴퓨터 화면을 볼 때와 지면을 볼 때 같은 정보라도 뇌의 작용이 다르고, 종이를 볼 때 정보를 이해하려고 뇌가 활발히 움직입니다. 평소에 생각이 필요한 작업이 버겁다면, 머릿속에서만 글을 구상하기 때문에 사고가 진전되지 않는 것입니다. 눈앞에 종이에 적으면 생각이 구체적으로 드러나고 적다 보면 생각이 자연스레 풀려서 나옵니다. 머릿속 생각은 구름과 같습니다. 종이에 잡아 두세요.

책 제목 (읽은 날짜, 장소)			

우선 틀을 만들고 그 안에다 머릿속 정보를 정리합니다. 시간 제한을 두고 손을 바삐 움직이는 것도 좋습니다. 칸을 다 채우면 색

깔 펜을 들어 끄집어낸 생각들 중 서평에 쓸 정보를 표시하세요.
그다음에 선으로 이어 순서를 정해 보세요.

3. 이 서평의 독자는 누구인가

감상문과 서평을 가르는 기준은 '타인'입니다. 당신의 서평은 얼마나 '독자'를 염두에 두었나요?

1990년, 미국 스탠퍼드 대학교에서 엘리자베스 뉴튼(Elizabeth Newton)은 박사 논문을 준비하며 '두드리는 자와 듣는 자'란 실험을 했다고 합니다. 실험 참가자를 무작위로 짝지어 한 사람은 '탁자를 두드리는 사람', 다른 사람은 '듣는 사람'으로 정했습니다. 한 사람이 손으로 탁자를 두드려 속으로 생각하는 노래를 연주하면 다른 사람이 곡명을 맞추는 식이죠. 실험 결과 사람들이 고른 노래 120곡 중 듣는 사람이 맞출 수 있던 노래는 단 3곡뿐이었습니다. 두드리는 쪽은 상대방이 노래를 맞출 확률이 50%라고 예상했는데 말입니다.

이 간단한 실험을 통해 엘리자베스 뉴튼은 '지식의 저주(The Curse of Knowledge)'라는 개념을 끌어냈습니다. 지식의 저주란 우리가 어떤 지식을 체득하고 나면 그 지식을 모른다는 사실을 상상하기 어려운 상태를 이릅니다. 어련히 알겠거니 하고 구체적인 설명은 생략해 버립니다. 이 지식의 저주 때문에 우리는 의사소통에 어려움을 겪게 된다고 합니다. 선생님이 개념을 너무 어렵게 설명한다든지, 상사가 부하가 이 정도는 알겠거니 설명하지 않고 넘어가는 등의 일은 이 지식의 저주 때문에 발생합니다. 글쓰기도 마찬가지입니다. 자칫하면 지레짐작하여 어려운 개념을 마구잡이로 쓴다거나 자세히 설명해야 할 부분을 얼렁뚱땅 넘어가게 됩니다. 나는 안다는 오만함을 버리고, 모르는 상대에 대한 우월감을 버릴 때 소통이 원활해집니다. 자신이 알고 있는 것을 상대방이 알아들을 수 있도록 메시지를 변형하는 것이 필요합니다. 찬찬하게 짚어 줄 필요가 있죠. 구체적인 예도 도움이 됩니다. 글쓰기는 상대방에 대한 배려입니다.

말이나 글은 상대에 따라서 달라집니다. 동화책에서 쓰는 말과 어른을 대상으로 한 책에서 쓰는 말은 다릅니다. 아이들이 아는 낱말로 글을 꾸려야 합니다. 어떤 분야의 전문가를 상대로 한 글과 일반인이 대상인 글은 다릅니다. 논문과 교양서의 차이를 생각하면 됩니다. 논문은 그 분야의 전문가가 아니면 읽기 어렵습니다. 반면 교양서는 일반인을 대상으로 전문 지식을 쉽게 풀어 줍니다.

캐치볼을 할 때는 상대를 봐가며 공을 던집니다. 몸집이나 공을 다루는 능력, 상대와의 거리를 고려하죠. 캐치볼이 서툰 사람에게 무작정 강속구를 뿌려대면 원망만 삽니다. 공을 찾으러 헤매는 시간이 길어질 겁니다. 반면 야구공을 잘 다루는 사람에게 가까운 거리에서 느릿느릿 던진 공은 심심하겠죠. 서평 쓰기도 캐치볼과 같습니다. 서평 역시 '글'인 만큼 독자가 존재합니다. 불특정 다수의 독자는 존재하지 않습니다. 독자는 개성 있는 지성의 집합체입니다.

독자가 누구냐에 따라 글의 내용과 어조가 달라집니다. 먼저 이 서평을 읽을 사람이 누구인지 그려 보세요. 서평 대상인 책이 속한 분야나 장르를 많이 접해 본 익숙한 사람일까요? 그렇다면 이 책의 '독특함'과 '새로움'에 주목합니다. 처음 접해 본 사람인가요? 그렇다면 전문 용어를 자상하게 풀어 주고 찬찬히 설명해 줍니다. 독자의 연령이나 이해력을 염두에 둘 때 상대와 캐치볼이 원활해지겠죠.

또한 이 책을 좋아할 만한 사람을 염두에 두면 좋습니다. 판타지 소설 마니아, 뇌 과학에 관심이 많은 사람, 노인 문제에 관심이

이 책을 읽은 독자	이 책을 읽지 않은 독자
이런 종류의 책에 익숙한 독자	이런 종류의 책에 익숙하지 않은 독자
이런 종류의 책을 좋아하는 독자	별로 관심이 없는 독자
작가의 애호가	이 작가를 처음 접하는 독자

많은 사람 등. 이 책을 꼭 읽었으면 하는 사람을 독자로 삼아도 좋겠죠. 실연으로 힘든 사람에게 권한다, 물리학에 첫발을 내딛고 싶은 사람이 읽으면 좋다, 삶의 의미를 찾고자 하며 '나'란 존재에 대해 고민하는 사람에게 건네고 싶다.

일종의 처방전처럼 이 책에 맞춤인 사람을 궁리해도 좋습니다. 《일단 오늘은 나한테 잘합시다》(도대체 지음, 위즈덤하우스, 2017)처럼 공감을 통해 독자를 끌어들이는 경우도 있습니다.

이런 사람에게 추천합니다.

- 이번 생은 망한 것 같다고 농담하면서도 실은 그럴 리 없다고 믿고 계신 분
- 퇴사를 결심했을 때, 회사로 시킨 택배가 생각나 사직서를 미뤘던 분
- 오늘의 일을 '내일의 나'에게 미루고 '어제의 나'를 원망했던 분
- 미니멀라이프를 위해 정리 책을 샀지만, 방에서 책을 못 찾고 있는 분

단 한 명의 독자를 상상해 보세요. 머릿속에 의자를 두고 가상의 독자를 앉혀 보는 겁니다. 그 사람에게 말을 하듯 글을 풀어 보는 것이죠.

글을 읽어 줄 사람을 염두에 두면 전달이 잘 됩니다. 나의 감정

에서 객관적 비평으로 시점의 이동이 필요합니다. 나의 잣대로 대상을 비평하기란 쉬운 일이 아닙니다. 설득력이 부족할 수 있으니까요. 이때 서평의 주어가 필요합니다. 책이나 작가, 독자, 주인공을 데려와 '그들의 언어'로 말을 건네는 것이 바로 서평입니다.

독자를 고려한 글쓰기는 배려에서 시작됩니다. 자기 말을 있는 대로 풀어내는 것이 아니라 듣는 상대의 입장을 생각하며 읽기 쉽고 이해하기 쉬운 글을 써야겠다는 마음가짐이 중요합니다. 글은 '의사소통'이니까요. 더불어 다른 사람이 이 글을 읽고 어떻게 생각할까를 의식한다면 자신의 글을 객관적으로 바라볼 수 있습니다. 독자가 던질 법한 질문을 예상하고 거기에 대한 답변을 마련해 두면 반대 의견까지 수용한 폭넓은 글이 되어 설득력이 높아집니다.

처방전을 쓰는 의사의 마음으로, 이 책에 적합한 독자와 적절한 효용을 밝히는 것도 서평의 몫입니다.

> 캐나다의 시인이자 에세이스트인 크리스토퍼 듀드니의 책 《밤으로의 여행》은 깊은 밤이나 새벽에 읽기 좋습니다. 제목에서 짐작할 수 있듯, 글 전체가 밤에게 바치는 러브레터 같은 책이거든요. 밤과 관련된 자연과학적이고 생물학적 지식들을 저자의 밤에 대한 서정적인 느낌과 교직하면서 써내려간 에세이지요.
>
> – 이동진, 《밤은 책이다》, 예담, 2001.

'남의 입장'에서 생각해 봐야 하는데, '나'의 입장에서 벗어나기 위해 필요한 것이 바로 공부입니다. 작가에 대해 면밀히 알아보고 작가의 다른 작품도 읽어 봅니다. 독자의 다양한 반응도 찾아봅니다. 생각을 줄줄이 늘어놓은 글은 혼잣말과 같습니다. 다른 사람이 그것을 읽었을 때 어떻게 생각할 것인가 혹은 타인이 그것을 썼다고 한다면 자신은 그 글을 읽고 어떤 느낌일지를 의식한다면 그런 실수를 사전에 막을 수 있습니다.

글을 쓴다는 것은 커뮤니케이션입니다. 말하고 싶은 내용이 상대방에게 전달되고 이해될 때 의미가 생깁니다. 독자가 이 서평을 읽고 가장 얻고 싶어하는 정보가 무엇인지를 생각하는 것도 중요합니다. 《리뷰 쓰는 법》(가와사키 쇼헤이 지음, 박숙경 옮김, 유유, 2018)은 독자의 독해력을 높이 상정해야 한다고 말합니다. 암만 몸부림쳐도 글쓴이의 지식 총량은 독자'들'의 지식 총량에 미치지 못하기 때문이라는 것입니다. 이렇게 독자의 독해력을 높이 두고 글을 쓰면 장점이 발생합니다. "독자를 쓰는 사람인 자신보다 뛰어난 존재로 의식하면 크고 강력한 앎에 도전하는 기운이 붓에 서립니다. 상대방의 지식 체계가 완전하다고 여긴다면, 앞에서 말한 조사하는 태도 등에서 '이 정도 조사로는 비웃음을 사겠지.'라는 생각에 더 열을 올리게 됩니다." 이런 마음가짐은 글을 쓰는 동기 부여를 유지하는 데도 유용하다고 합니다.

4. 구성하기와 개요 작성

구성하기는 글의 설계도를 만드는 작업입니다. 구성할 때 중요한 건 나름의 '질서'를 만드는 것입니다.

1. 전개식 구성: 시간적 구성(시간의 흐름에 따라)
   공간적 구성(공간의 이동에 따라)
2. 종합적 구성: 단계식 구성(기-승-전-결/서론-본론-결론)
3. 포괄식 구성: 두괄식, 미괄식, 양괄식(수미상관)
4. 열거식 구성, 점층식 구성

서평은 논리적인 단계를 밟아 나가는 단계식 구성(서론-본론-결론)을 기본으로 삼는 것이 좋습니다. 이렇게 논리적으로 구성하려면 글을 쓰기 전에 개요를 작성해야 합니다. 먼저 대강의 얼개를 짜서 글의 흐름을 파악하는 것입니다. 무작정 생각나는 대로 쓰면 중간에 엉뚱한 이야기로 빠지게 될 우려가 있습니다. 구성하고 개요를 작성하면서 전체적인 흐름을 만듭니다.

개요는 자신의 생각을 논리적으로 전개하기 위한 코스를 설정하는 것입니다. 논리적으로 문제를 거론하고 거기에 대한 판단을 내리는 데는 나름의 절차가 필요합니다. 개요 작성은 그런 사고의 코스, 사고의 절차를 만드는 작업입니다. 먼저 서평에 꼭 들어갈 필수 구성 요소를 살펴볼까요?

1) 필수 구성 요소 정리하기

- 제목
- 서지 정보
- 요약
- 이 책의 특성
- 나의 생각

필수 구성 요소에 해당하는 내용을 정리하여 서평의 재료를 마련합니다. 그리고 이 필수 구성 요소를 어떻게 배치할지를 궁리하는 것이 '구성하기'입니다.

2) 분류하기

구성은 수납입니다. 둥글게 만 양말을 색깔별로 서랍에 넣는다고 생각하세요. 일단 종류에 맞게 분류합니다. 어떤 차례로 배치할지, 각 장마다 분량은 어떻게 할지를 고려합니다. 분량을 정해 둬야 균형감이 떨어지는 글쓰기가 예방되며 필요한 내용만 집어낼 수 있습니다.

3) 분량과 흐름 살피기

구성하기의 3원칙은 분류, 차례, 분량입니다. 비슷한 내용으로 묶고, 대충 몇 덩어리로 쓸지, 덩어리들의 배열 순서가 적당한지, 분량은 어떻게 할 것인지를 메모합니다.

살펴야 할 점은 개요가 '주제'를 드러내는 데 적당한 흐름인지 확인하는 것입니다. 개요는 되도록 손으로 작성하면 좋습니다. 컴퓨터 화면은 일렬로 정리된 글밖에 쓰지 못하기에 차례를 자유자재로 바꾸기 어렵습니다. 이면지나 백지에다 대강의 얼개, 개요를 작성합니다.

4) 항목 나누기

정리한 내용을 담을 큰 바구니(장), 중간 바구니(절), 작은 바구니(항목)를 마련합니다. 단위가 가장 높은 것은 '장(障)', 다음엔 '절(節)', 그리고 하나의 절은 '항목(項目)'이 됩니다.

Ⅰ (장)

 1 (절)

  (1) (항목)

다음은 오찬호의 《우리는 차별에 찬성합니다》(개마고원, 2013)의 목차 중 일부입니다.

> **3장 괴물이 된 이십대의 자화상** (장)
> '멋진 신세계'가 이룩한 재앙 (절)
>   첫째: 타인의 고통에 무감각해지기 (항목)
>   둘째: 편견의 확대 재생산
>   셋째: 주어진 기존의 길만 맹목적으로 따라가기
>   왜 학력위계주의가 문제인가

무엇이 장이고, 무엇이 절인지, 무엇이 항목인지를 잘 구분하는 것이 중요합니다. '장'에 나온 내용끼리, '절'에 나온 내용끼리, '항목'에 나오는 내용끼리 층위가 맞아야 합니다. 그렇지 않으면 두서 없이 나열된 글이 되기 쉽습니다.

어떤 것은 절은 되지만 장은 어렵겠다든지 하는 식으로 항목의 앞뒤를 잘 파악해야 합니다. 만약 '절'에 해당하는 내용을 '장'으로 두면 그 장은 다른 장에 비해 빈약해집니다. '끼리끼리' 모아야 합니다. 항목의 순서를 파악하면 구성이 탄탄한 글을 쓸 수 있습니다. 어느 것과 어느 것이 같은 단계이고 어떤 것이 더 중요한가 하는 가치 체계를 파악하는 것이 좋은 구성의 관건입니다.

5) 도형 활용

'도형'을 활용하여 구조를 짜봅시다. 글의 구조를 도형으로 그려 보는 겁니다. 기-승-전-결로 짜인 글은 서론에서 점점 결론으로 접근하는 역삼각형 구조를 갖춥니다.

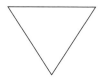

기　소개

승　내용

전　상황 전환

결　꼭짓점인 결론으로 모아 주기

삼각형을 뒤집어 인상적인 서두로 시작하는 '정삼각형'을 만들 수도 있습니다.

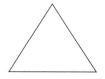

기　간결한 서두

승　책의 내용 정리

전　'자신'의 생각 서술

결   책의 의미나 가치 서술

'다이아몬드형' 구조는 정보를 전달하는 책을 정리할 때 유용합니다. 책의 내용을 정리하는 승과 전 부분을 가장 많이 서술합니다. 그리고 다시 좁혀 가며 '결론'으로 모아 가는 글쓰기 방법입니다.

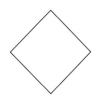

기   책 소개
승   정보(1)
전   정보(2)
결   책의 의미나 가치 서술

6) 목차 만들기

책에 목차가 있듯 서평에도 목차를 만들면 내용을 일목요연하게 전달할 수 있습니다.

아사다 스구루의 《종이 한 장으로 요약하는 기술 1Page》(서경원 옮김, 시사일본어사, 2016)에서는 A4 한 장짜리 서류의 필수 요소로 다음을 말합니다.

- 한눈에 전체가 보이는 일람성

- 틀(프레임)

- 틀마다 제목(타이틀)

　전체를 담을 틀을 짜고, 그 틀이 잘 보이게 소제목을 붙여 주는 것입니다. 이런 방법은 서평에도 활용할 수 있습니다. 틀을 만들고, 생각 뭉치마다 적절한 소제목을 달면 내용이 일목요연하게 전달됩니다. 하지만 목차를 짤 때 단지 항목만 늘어놓으면 재미도, 특성도 없습니다. 그 장과 절의 내용을 단적으로 또 매력적으로 표현하는 표제를 찾고 소제목을 달아 보세요. 읽은 사람에게 내용을 알려 주고 흥미도 불러일으킬 수 있습니다.

　하고 싶은 이야기를 서너 개 정하면 이것이 큰 제목이 됩니다. 큰 제목 안에 들어갈 내용을 중간 제목으로 열거합니다. 장롱 안에 서랍, 서랍 속의 수납함을 떠올려 보세요. 소제목은 하나의 완성된 문장으로 정리합니다. 그리고 이를 뒷받침할 근거를 책 속에서 찾습니다. 주장(소제목)-근거(이유, 예시)-다시 주장(소제목)의 순서로 글을 펼쳐 나가는 것입니다.

　《로쟈의 인문학 서재》(이현우 지음, 산책자, 2011)에 수록된 서평에는 소제목들이 붙어 있습니다. 여기 실린 〈누가 희망을 말하는가〉는 한 권의 책을 대상으로 한 것이 아니라 저자가 품은 문제의식을 풀어나갈 동반자가 될 만한, 혹은 문제의식을 불러일으키는 여러 권의 책을 대상으로 삼습니다. 그래서 자신의 생각의 흐름을 명확하게 보여 주는 소제목을 이음매로 삼습니다.

- 한국의 80년대는 특별했다?
- 사회주의의 한 졸렬한 시도?
- 세상이 달라졌다? 아니다?
- 운동에 헌신했으므로 당연히 보상을?
- 나라를 위해 헌신한 게 80년대 청년들뿐인가?
- '80년대의 위엄'
- '전진이 전부인 것을'
- '언더그라운드'의 사람들
- 폭투로서의 정치
- 힘없는 정의는 경멸받을 뿐

7) 다양한 구성방법

1. 줄거리/주요 내용 요약
2. 작가 및 작품 소개
3. 발췌 및 해석
4. 전체 느낌/추천 대상/추천 이유

1~4까지 꼭 필요한 요소를 배치할 순서를 정하면서 서평의 틀을 만들어 봅니다. 예를 들면 다음과 같습니다.

〈1〉

1. 작가 및 작품 소개(서지 정보)

2. 줄거리/주요 내용 요약

3. 발췌 및 해석

4. 전체 느낌/추천 대상/추천 이유

〈2〉

1. 발췌(인상적인 인용문)

2. 작가 및 작품 소개

3. 줄거리/주요 내용 요약

4. 전체 느낌/추천 대상/추천 이유

〈3〉

1. 줄거리/주요 내용 요약

2. 작가 및 작품 소개

3. 발췌 및 해석

4. 전체 느낌/추천 대상/추천 이유

청소년을 위한 후다닥 서평 쓰는 법

〈4〉

1. 읽게 된 배경, 단상

2. 줄거리/주요 내용 요약

3. 발췌 및 해석

4. 전체 느낌/추천 대상/추천 이유

〈5〉

1. 전체 느낌 또는 평, 간단한 작가 및 작품 소개

2. 줄거리/주요 내용 요약

3. 발췌 및 해석

4. 추천 대상/추천 이유/마무리

〈6〉

1. 전체 요약 1: 이 책은 어떤 점에서 흥미로운가.

2. 전체 요약 2: 1에서 다 말하지 못한 재미를 자신만의 언어로
   표현한다(강조, 재확인).

3. 인용 1: 책의 가치를 보여 줄 인용구를 써준다(인용구 해석).

4. 인용 2: 책의 재미를 보여 줄 에피소드를 쓴다(인용구 해석).

5. 저자나 책표지 등 책에 대한 다양한 정보를 언급한다.

6. 누가 읽었으면 좋겠다는 식으로 대상 독자를 언급한다.

7. 정리한다.

다음은 《독서평설》에 실린 필자의 소설평을 살펴보겠습니다. '평설'이기 때문에 작품에 대해 평가하기보다는 알기 쉽게 풀어 쓴 글이라는 점을 일러드립니다.

거울과 창, 책과 일기 → 제목

　　- 최시한, 〈허생전을 배우는 시간〉, 《모두 아름다운 아이들》, 문학과지성사, 2008.

　일기 형식의 소설로, 일인칭 주인공 '나'의 마음이나 주변 상황이 섬세하게 기록됩니다. 소설 읽기가 '나'와 사회, 사람의 마음을 읽는 것과 연결된다는 것을 보여 주는 작품입니다. **→ 책의 핵심 내용을 먼저 제시**

'나'를 읽는 방법, 일기와 독서 → 단락의 중심 내용 파악을 돕기 위해 소제목

　여러분은 일기장에 무얼 쓰나요? 아마 하루에 있었던 일 중 인상 깊었던 것, 자신의 느낌과 생각으로 일기장을 채울 겁니다. 일기를 쓰면 하루를 되짚고 자신을 돌아보게 되죠. 나는 오늘 하루 이렇게 지냈구나, 이런 건 좋았고 이런 점은 좀 아쉬웠어. 일기는 앨범처럼 나의 하루를 기록해 주고, 내 마음을 비추는 거울이 되어 줍니다. **→ 첫머리에서**

독자에게 말 걸기. 누구나 썼을 '일기'란 공감 요소로 출발

일기는 '나'의 혼잣말이기도 합니다. 독백체로 자신을 솔직히 드러내죠. 생각과 느낌이 여실히 드러납니다. 일기를 보면 그 사람이 어떻게 살고 있는지 어떤 생각을 하고 어떤 느낌을 받았는지가 오롯이 드러납니다. 일기의 주인공은 '나'이기는 하지만 나를 둘러싼 사람들과 세상의 모습도 나타납니다.

〈허생전을 배우는 시간〉은 일기 형식을 빌린 소설입니다. 고등학교를 다니는 남학생 '나(선재)'가 7월 1일부터 7월 14일까지 쓴 일기가 펼쳐집니다. 소설에 드러난 '나'는 글쓰기와 책 읽기를 좋아하고, 학교생활이나 변화 없는 일상을 답답해합니다. 윤수와 가깝게 지내고 'K(이경미)'란 여학생을 좋아하죠. 일기장에 적힌 내용을 보면 '나'의 마음속은 복잡합니다. 주변에서 일어난 일들을 비판적으로 바라보며 자신의 갈 길을 생각합니다. → **줄거리 요약**

또한 이 작품은 〈허생전〉이란 소설의 독서 기록이기도 합니다. 허생전을 읽는 과정과 그 동안 나의 주변과 마음에서 일어난 일들이 맞물려 펼쳐집니다. 소설 한 편이 '나'와 주변 상황을 비춰 주는 거울이 됩니다. 허생전을 읽으며 나의 주변에는 어떤 일들이 일어났고 '나'는 어떤 생각을 하게 되었을까요? → **질문으로 본론으로 유도**

왜 하필이면 〈허생전〉일까

박지원의 〈허생전〉은 어떤 작품일까요? 이 작품은 조선 시대 실학자 박지원이 쓴 청나라 기행문 《열하일기》에 수록된 한문단편소설입니다.

소설의 주인공 허생원은 오두막에서 틀어박혀 십년 째 책만 읽습니다. 돈도 벌고 살림도 하는 부인이 보기엔 남편이 답답하죠. 과거도 안 볼 건데 왜 책만 보냐는 부인의 말에, 허생원은 집을 나가 돈벌이를 시작합니다. 책만 읽고 상공업을 멸시하는 조선 시대 여느 선비들과는 다른 모습을 보입니다. 박지원은 허생원이란 인물을 통해 자신의 실학 사상을 펼쳐 보이고 싶었던 겁니다.

허생원은 먼저 부자 변 씨를 찾아가 만 냥을 빌리고 그 돈으로 과일을 모조리 사들입니다. 제사상에 놓을 과일이 부족해지니 과일 값이 뛰어오릅니다. 허생원은 쟁여 뒀던 과일을 팔아 큰돈을 쥡니다. 다음엔 선비들이 쓰는 망건(상투를 틀 때 머리카락이 흘러내리지 않게 머리에 두르는 물건)의 재료인 말총을 사들입니다. 상투머리를 꼭 해야 하는 선비들은 비싼 값에 말총을 살 수밖에요. 허생원은 이렇게 벌어들인 돈으로 무인도를 사고 그 섬에 도적들을 불러들입니다. 도적이 사라진 나라는 평화롭습니다. 다음으로 허생원은 일본 사람들이 흉년으로 고생하는 것을 보고 식량을 내다팔기도 합니다. 허생원은 손에 쥔 백만 냥의 절반은 섬에 사는 도적들에게 주고 나머지는 쓸 곳이 없다며 바다에 던져버립니다. 그러고는 '글은 화를 불러 온다'며 글을 아는 사람을 모아 함께 섬을 떠납니다.

뭍으로 돌아온 허생원은 가난한 사람들에게 돈을 나눠 주고, 변 씨에게 빌렸던 돈의 열 배인 십만 냥을 건네줍니다. 변 씨는 나라를 구할 인재를 찾는 이완 대장에게 허생원을 소개해 줍니다. 허생원은 임금의 친척들이 나랏일에 관여하지 못하게 하거나, 선비들이 소매가 좁은 옷을 입고 머리를 자르게 한다든지 장사를 하게 하면 어떻겠냐는 제안을 하지만 이완 대장은 모두 안 된다고 합니다. 허생원은 아무것도 할 수 없다 말하는 이완 대장에게 불같이 화를 내고 이완 대장을 죽이겠다며 칼까지 찾습니다. 화들짝 놀라 달아난 이완 대장이 다음 날 허생원의 집을 찾아갔지만 허생원은 이미 모습을 감췄습니다.

그런데 왜 하필이면 다른 작품이 아니라 〈허생전〉일까요? 박지원은 〈허생전〉을 통해 허례허식만 따지고 책에 코를 박고 현실에 등 돌린 조선 시대 사대부를 비판했습니다. 선비인 허생원은 오늘날로 치면 지식인에 속합니다. 박지원은 〈허생전〉에서 지식인은 어떻게 살아야 하는지를 묻습니다. 하지만 이 책을 수업 시간에 토론하자던 '왜냐 선생님'의 말마따나 허생원의 태도에도 한계가 있습니다. 그는 사대부란 생각은 버리지 못했고, 조선 사회를 비판했지만 그런 사회를 바로잡으려는 적극적인 실천 의지는 부족했다는 것입니다. 이런 한계는 '나'가 지닌 '어떻게 살아야 할 것인가'라는 문제의식과 맞물립니다. 이 작품은 이런 허생원의 한계를 넘어선 인물로 '왜냐 선생님'을 보여 줍니다. 현실비판의식에 실천의지를 가진 인물을 이 소설이 쓰인 시대에 필요한 지식인으로 제시한 셈입니다. 고전을 재해석하고 현재를 살아가는 바탕으로 삼는 적극적인 독서 방법을 보여 주고 있습니다. → **책의 중심에 있는 〈허생전〉을 설명**

책을 읽으며 나를 읽는다

이 소설은 문학 작품 읽기의 의미를 보여 줍니다. 왜냐 선생님은 처음엔 줄거리를 잡아오라는 숙제를 냅니다. "그건 소설의 줄기, 그러니까 핵심 사건이 어떻게 시작되고 끝났나를 붙드는 힘을 기르기 위해서입니다." 아이들은 제각각 자신이 읽은 허생전의 줄거리를 말합니다. 분명히 같은 책을 읽었는데도 해석은 제 각각입니다. 동철은 〈허생전〉을 돈과 관련해서 이해하고, 윤수는 "아무도 자기를 알아주지 않아서 허생은 아무도 모르는 곳으로 가버렸다.”고 독특한 해석을 합니다. 어떤 책을 읽으면 읽은 사람의 생각이 더 잘 드러나게 됩니다. 독자는 소설의 행간에 자신의 생각을 채워 나가며 읽기 때문입니다. 이런 경우 책은 자신을 비추는 거울이 됩니다. 그렇다고 무작정 자기 생각만 내세우는 건 소설에 다가가는 올바른 방법이 아닙니다. → **독서의 의미를 알려 주는 소설**

소설은 “말 속에 또 말”을 품고 있기에 단순히 활자를 따라가는 것이 아니라 소설이 품은 속뜻을 읽는 것이 중요합니다. 섣불리 의미를 단정하는 것이 아니라 자꾸 질문을 거듭하며 작품이 품은 속뜻에 다가가게 합니다. “행동의 앞뒤 관계를 따지고, 인물들의 심정을 헤아리고, 여러 가지 관련 지식과 사실들을 참고해”, “진실”을 발견하는 것이 소설 읽기의 참된 의미입니다.

우리는 책을 읽으면서 저자의 생각을 발견하고, 자신의 생각을 알게 됩니다. 자신을 되짚어 보고 나아갈 길을 찾게 됩니다. 직사각형의 책은 내 마음을 비추는 거울이며 세상을 내다보는 창이 됩니다. 책과 삶은 넘나듭니다. 독자와 저자, 책과 세상은 서로를 살찌웁니다. → **결론: 이 소설은 거울과 창이 되는 책의 의미를 알려 주는 작품이다.**

양귀자의 〈마지막 땅〉을 읽고 쓴 평설도 한 번 읽어 보실래요?

땅은 누구의 것인가 → 질문형 제목

– 양귀자, 〈마지막 땅〉, 《원미동 사람들》, 쓰다, 2012.

자신에게 남은 마지막 땅을 지키려는 강 노인과 그 땅을 팔라는 사람들이 맞서는 이야기를 통해 '땅'의 의미를 되새기는 작품입니다.
→ **책의 핵심 내용을 먼저 제시**

위성도시, 원미동 → 소제목

이 소설이 수록된 연작소설집 《원미동 사람들》은 1980년대 원미동을 배경으로 삼습니다. '원미동'은 경기도 부천시에 속한 동네로, 서울 주위에 들어선 위성도시 중 하나입니다. 산업화와 도시화로 사람들이 서울로 몰려들자 교통, 주택문제 등 갖은 골칫거리가 발생했습니다. 이를 해결하고자 서울 주변이 개발되고 위성도시가 들어섰습니다. 원미동도 이런 개발 바람을 타고 급격하게 모습을 바꿨습니다. 산은 깎이고 농토는 주택부지로 탈바꿈했죠. 낯선 사람들이 밀려와 한데 살게 됩니다. 《원미동 사람들》은 이 원미동에 사는 소시민들의 삶을 생생하게 담아냅니다. 소설집에 수록된 11편의 단편에는 원미동에 사는 사람들이 살아가는 모습과 갖은 사연들이 펼쳐집니다. → **이 단편이 수록된 작품집에 대한 설명. 원미동의 특성 설명**

〈마지막 땅〉의 주인공 강 노인은 원래 이 동네에서 농사를 지으며 살았습니다. 바지런하게 일하여 땅을 모아들였고 그 땅에다 농사짓는 재미로 살았습니다. 하지만 신도시 개발로 "강제 토지 수용, 용도 변경, 택지 조성이 잇따르면서" 강 노인의 땅이 조각조각 팔려 나갑니다.

땅값이 오르니 가족들은 땅을 돈으로 바꾸자고 안달을 부립니다. 땅값이 올라서 목돈을 얻지만, 자식들은 공돈이라도 얻은 듯 그 돈을 흥청망청 써버립니다. 이런저런 사업을 벌이고 망하고 또 땅을 팔자고 졸라댑니다. 결국 강 노인에겐 텃밭농사를 꾸릴 공터만 '마지막 땅'으로 남게 됩니다. 하지만 그 마지막 땅을 지키는 것도 쉽지 않습니다. 사람들은 두엄 냄새가 난다며 타박하고 아내는 땅을 팔아 자식에게 보태주자고 성화를 부립니다. → <u>**소설의 줄거리 요약**</u>

땅에 대한 다른 생각들

이 소설은 주요 인물인 강 노인과 다른 사람들이 땅을 두고 다투는 이야기입니다. 갈등은 각자마다 땅에 대한 생각이 달라서 발생합니다. 강 노인에게 땅은 농사꾼의 일터이며 농작물을 자라는 곳입니다. 반면 부동산 업자나 개발하는 사람에게 이 땅은 투자 대상이며 '돈'입니다. 강 노인의 가족들에게도 땅은 돈을 낳는 황금거위이며, 팔아치워 현금으로 바꿔야 하는 돈벌이 수단입니다. 땅 주위에 사는 주민들에게는 악취를 풍기는 똥밭이며, 동네 사람들에는 동네의 품격을 떨어뜨리는 골칫거리입니다. 강 노인 땅에 번듯한 건물이 들어서야 동네 모양새가 그럴 듯해지고 집값도 오르는데 푸성귀를 기르는 똥밭이 도로변에 떡하니 버티고 있으니 답답하기만 합니다. 땅에 대해 각자 다른 생각을 품었으니 다툼을 피할 수 없습니다.

강 노인은 어떻게든 이 땅만큼은 지키려고 애를 씁니다. "자식 농사는 포기한 지 오래지만 해마다 씨를 뿌리고 수확을 거두는 재미만큼은 쉽게 포기할 수 없기" 때문입니다. 자식들은 제 힘으로 돈을 벌 생각은 하지 않고 땅을 팔아 쥔 돈으로 허황된 사업을 거창하게 벌여 연거푸

망합니다. 자신의 노력 없이 허공에 지는 집은 쉽게 무너집니다. 반면 강 노인은 자신이 일한 만큼 성과를 보여 주는 농사일이 정직하고 가치 있다고 생각합니다. 자신의 정성스러운 손길에 화답하듯 피어나는 고추 모종이며 아욱이 사랑스럽습니다. 하지만 아무도 그의 마음을 몰라 줍니다. 비싼 땅에 푸성귀나 키운다며 타박합니다. 땅을 살리려고 화학 비료 대신 두엄을 쓰는 마음은 알아주지 않습니다. 남들 눈에 강 노인은 세상 물정 모르는 고집쟁이 노인일 따름입니다.

강 노인은 오랫동안 이 마을에 뿌리박고 살았던 터줏대감입니다. 반면 원미동에 사는 사람 태반은 원래 여기 살던 사람이 아니었습니다. 신도시가 세워지자 이사 온 사람이 대부분입니다. 마을에 대한 애착이 별로 없습니다. 근처에 살아서 이웃이긴 하지만 서로 정을 쌓지는 않았습니다. 원미동을 성공하여 서울로 진입할 날까지 잠시 머무는 임시 거처로만 여깁니다. 서울의 집값을 감당하지 못해 떠밀려 왔다는 생각에, 이 동네를 서울처럼 그럴싸하게 만들기만을 바랍니다. 강 노인은 원미동에 살게 된 새로운 이웃들을 '서울 것들'이라고 부릅니다. 사는 데는 원미동이지만 해바라기처럼 서울만 바라본다는 뜻이겠죠. 새로운 주민들은 원미동에 살지만 원미동을 잘 모릅니다. 살아온 시간도 짧았고 먹고살기에도 바쁩니다. 여기가 원래 어떤 풍경이었으며 어떤 문화적, 역사적 배경을 거느렸는지는 알지 못합니다.

반면 강 노인은 신도시가 들어서기 전의 풍경을 기억합니다. 원미산의 이름을 따서 동네 이름이 붙여졌다는 것도, 너른 들판이 자리 잡았다는 것도, 여기에 어떤 사람들이 살았는지도 압니다. 강 노인은 동네 입구의 나무처럼 이 동네를 지켜봤고 이 동네가 들어선 바탕인 땅을 아끼는 사람입니다.

강 노인은 땅을 지키려고 몸부림치지만 결국 떠밀려 마지막 땅까지 팔아야 할 지경에 이릅니다. 흰 연탄재 가루를 뒤집어쓴 채로 쓰러진 풀잎을 보고 마음이 무너집니다. 아내는 땅 팔아서 아들을 살리고 남은 돈을 은행에 넣어서 편하게 살자고 졸라댑니다. 어차피 올림픽이나 아시안게임 때문에 주변 미화 사업이 벌어지면 땅을 지키기 어려워질 것입니다. 더는 버틸 힘이 없습니다. 강 노인이 땅을 판다는 소문이 돌자 빚쟁이들이 몰려듭니다. 결국 이 땅을 판 돈도 허공으로 녹아들 것입니다. 하지만 마지막 장면에서 부동산으로 향하던 강 노인은 돌아섭니다. 자신의 텃밭에서 자라는 풀들이 뒤통수를 잡아끕니다. "암만해도 물 한 통쯤은 져 날라서 우선 이것들 목이나 축여줘야겠다." 강 노인이 물을 주지 않으면 그 어린 모종들은 쓰레기에 덮여 숨을 거두게 되기 때문입니다. → **책이 던지는 주요한 질문을 인물 중심으로 정리**

이 땅의 주인은 누구인가

사람들은 강 노인의 땅을 '공터'라고 합니다. 아무것도 없이 비어 있대서 공(空)터라는 겁니다. 하지만 정말 아무것도 없는 땅이 있을까요? 땅에는 눈에 보이지 않는 시간과 추억, 의미가 스며들어 있습니다. 무엇보다 그 땅에는 온갖 식물이 자라고 땅속엔 지렁이가 꿈틀거리고 나비가 오갑니다. 땅은 돈벌이를 위한 투기 대상이나 사람들만 사는 도시로 국한되지 않습니다. 땅은 생명이 움트고 살아가는 소중한 터전입니다. → **이 책의 핵심 메시지**

미국 대통령이 땅을 사고 싶다는 전갈을 보내자 시애틀 인디언 추장은 다음과 같은 말을 건넸다고 합니다. "그대들은 어떻게 저 하늘이나 땅의 온기를 사고팔 수 있는가? 우리로서는 이상한 생각이다. 공기의 신선함과 반짝이는 물을 우리가 소유하고 있지도 않은데 어떻게 그 것들을 팔 수 있다는 말인가? 우리에게는 이 땅의 모든 부분이 거룩하다. 빛나는 솔잎, 모래 기슭, 어두운 숲속 안개, 맑게 노래하는 온갖 벌레들, 이 모두가 우리의 기억과 경험 속에서는 신성한 것들이다." 땅의 임자는 누구일까요? 땅은 누군가 사고팔거나 소유할 수 있는 것일까요? → **인디언 추장의 이야기로 인상적인 결말 유도. 질문을 통해 여운을 줌.**

서평을 쓰기 직전에 해야 할 일은 다음과 같습니다.

• 책을 읽은 후 생각할 시간을 갖는다(읽고 바로 쓰지 않는다).
• 서평에 '무엇을 담고 싶은지' 정리한다.
• 키워드를 정리한다. 그중 가장 하고 싶은 말을 '한 가지' 고른다. 나머지 키워드는 과감하게 '축소'한다.
• 몇 단락으로 쓸 것인지, 단락 구성은 어떤 순서로 할 것인지를 계획한다.

이런 밑작업이 끝나면 본격적으로 서평 쓸 준비를 마친 셈입니다.

5장

서평 쓰기의 기술

1. 초고 쓰기

읽은 당일에 바로 쓰지 말고 시간을 두고 써야 합니다. 냉각기간을 거치는 겁니다. 책을 읽은 흥분(호감이든 비호감이든)이 가라앉지 않는 상태에서는 냉정한 평가가 나오기 힘듭니다.

현재의 감정을 날것으로 전달하는 감상평이라면 바로 써도 좋지만 다른 사람에게 도움이 되는 객관적인 리뷰는 감정을 정리하기 위해 묵혀 두고 나서 씁니다. 기억의 법칙을 감안해도 당일보다 며칠 간격을 두는 것이 높은 복습 효과가 있고 기억에 더 오래 남습니다. 읽고 바로 쓰지 않고 적어도 5시간은 묵혀 둡니다.

초고를 쓰는 방법

1. 단숨에
2. 고치지 않고
3. 자유롭게
4. 넉넉히

초고는 자유롭게 넉넉히 한달음에 쓰는 게 좋습니다. 쓰다가 돌아가 고치지 않습니다. 내 안에 있는 걸 힘껏 뽑아낸다고 생각하세요.

청소년을 위한 후다닥 서평 쓰는 법

2. 요약하기

초고에 들어갈 내용을 짚어 봅니다. 서평에는 그 책의 내용을 요약한 부분이 들어갑니다. 책이 전체적으로 무엇을 다루고 있는지를 최대한 간결하게 이야기해야 합니다. 이 책을 읽지 않은 사람들에게 책의 알곡을 전해야 합니다. 그런데 '요약'은 생각만큼 만만치 않습니다. 왜 어려울까요?

* 모두 중요해 보여서
* 핵심이 뭔지 보이지 않아서
* 작가가 도대체 무엇 때문에 썼는지 오리무중이라서(내 생각이 정리되지 않아서)

살에서 뼈만 발라내야 합니다. 경험한 것을 모조리 기억하는 사람은 드뭅니다. 보르헤스의 〈기억의 왕 푸네스〉에는 그런 인물이 등장합니다. 사고로 머리를 다친 푸네스는 모든 걸 샅샅이 기억합니다. 이럴 경우 하루를 기억하려면 하루가 송두리째 필요합니다. 기억의 내용을 정리할 시간도 없습니다. 정보만 산더미처럼 쌓이는 것이죠.

푸네스와 달리 보통 사람들은 이런 식으로 기억하고 요약한다고 합니다. 다음은 킨치와 반다이크(Kintsch & van Dijk)가 말하는 기억과 요약의 원리입니다.

1. 삭제의 원리(불필요한 것, 중요하지 않는 것은 지운다)
2. 일반화의 원리(시시콜콜한 것을 더 높은 차원으로 묶는다)
3. 선택의 원리(중요한 것을 고른다)
4. 구성의 원리(정보를 바탕으로 기억에 적합한 얼개를 짜낸다)

이를 서평 쓰기에 적용할 수 있습니다.

'삭제의 원리'→일단 정리한 내용 중에 쓰지 않을 것을 솎아낸다.
'일반화의 원리'→남은 부분들은 이런 키워드로 묶는다.
'선택의 원리'→중요한 내용의 우선순위를 정한다.
'구성의 원리'→어떤 순서로 얼마만큼 분량으로 쓸지 정한다.

요약을 잘하려면 다른 요약 내용을 보고 뼈대를 추리는 법을 익히면 좋습니다. 요약 내용이 너무 길어져서는 안 됩니다. 요약 부분이 많아지면 자기 생각이 들어갈 공간이 줄어들기 때문입니다.

청소년을 위한 후다닥 서평 쓰는 법

3. 일목요연하게 정리하기

1) 숫자 활용

숫자를 정해 두고 그 안에서 정보를 응축하는 기술도 글쓰기에 유용합니다. 이 글이 전해 줄 정보가 몇 개인지를 일러두면 독자는 그에 맞춰 글의 내용을 예상합니다. 또한 갯수를 정해 두면 꼭 필요한 것들만 정리하여 글의 내용이 일목요연해집니다. 사람이 파악할 수 있는 정보의 수는 3개 정도라고 합니다. 또한 '3'이란 숫자가 주는 안정감도 무시할 수 없습니다. 이를테면 다음과 같습니다.

> 이 책이 훌륭한 까닭은 다음 세 가지이다.
> 이 책에 대한 입장은 크게 셋으로 나눌 수 있다.
> 이 책에 대한 논의를 세 단계로 전개할 수 있다.
> 첫째,
> 둘째,
> 셋째,

또한 '2'를 활용하여 논쟁 지점을 강조할 수 있습니다.

> 이 책에 대한 입장을 둘로 나눌 수 있다.

> 이 책의 장점과 단점은 다음과 같다.

중요한 내용을 전개할 때는 다음과 같은 형식으로 압축해서 전달하면 말하는 바를 강조할 수 있습니다.

> 한 마디로 말하자면,
> 이 책은 한 문장으로 정리하자면,

2) 주제문을 맨 앞에 배치하고 예시를 더한다

꼭 하고 싶은 말을 문단 맨 앞에 배치합니다. 그다음으로 이 문장을 뒷받침하는 내용이나 인용문을 더해 줍니다. 중요한 말을 맨 앞에 두면 써야 할 내용을 빠뜨리는 일이 생기지 않습니다. 용건부터 말해서 핵심을 전달하고, 뒷받침 내용으로 이를 강조해 줍니다.

3) 수미상관법

글의 맨 앞부분과 끝부분을 연결시키는 방법입니다. 앞에서 던진 질문을 결론에게 받아 주거나, 앞에 나온 내용을 변주하여 반복하는 방법입니다.

4. 문단 나누기

문단(文段)은 글에서 하나로 묶을 수 있는 짤막한 단위를 이릅니다. 단락(段落)이라고도 합니다. 계단을 만들 때 하나의 '단'을 생각하면 됩니다.

문단은 형식 단락과 내용 단락으로 나뉩니다. 형식 단락은 행을 바꾼 뒤에 한 글자를 띄어서 쓰는 것으로 표시합니다. 내용 단락은 같은 내용을 한데 묶습니다.

중요한 것은 다른 내용을 서술할 때는 문단을 나누어야 한다는 것입니다. 자기 생각을 보충하기 위해 구체적인 예를 들 때도 행을 바꿔 줍니다. 그래야만 말하고자 하는 바가 일목요연하게 드러납니다.

글은 '시각 매체'입니다. 종이 안에서 활자들을 배열하여 전달하는 것입니다. 큰 덩어리로 뭉쳐 놓은 문단은 읽기 수월치 않습니다. 글자들이 빽빽해서 부담스럽습니다. 문단을 나누어 공터를 만들어 줍니다. 적절히 문단을 나누어 시각적으로 읽기 쉽게 만들어 줍니다.

문단과 문단의 연결 관계도 고려합니다. 문단의 배치 순서가 '유기적으로', '매끄럽게', '단숨에' 연결되도록 합니다.

형식 단락을 사용할 때는 글을 쓸 때의 리듬 때문인지 같은 템

포로 단락을 바꾸어 버리는 경향이 있습니다. 그러다 보면 단락의 길이가 전부 같아지기도 합니다. 여차하면 글이 밋밋하게 느껴질 수 있습니다.

그래서 '리듬'을 불어 넣습니다. 읽는 사람들이 긴장감을 갖고 집중하게 만들기 위해서 의식적으로 짧거나 긴 단락을 만들어 변화를 주는 것도 글쓰기의 기술입니다.

5. 문장의 힘

'간결'한 문장들을 '논리'적으로 연결시킨 글은 '힘'이 셉니다.

논리는 앞뒤가 맞게 연결하는 것입니다. 글은 단어와 단어의 결합으로 이루어진 문장, 문장과 문장의 결합인 단락, 단락과 단락의 연결로 완성됩니다. 이 결합이 삐걱거리지 않는지 이음새를 살펴 보세요.

문장을 쌓아 만든 단락 간의 연결이 자연스러운지 따져 봅니다. 논리적으로 말한다는 것은 상대가 알아듣게 '흐름'을 만들어 주는 것입니다. 문장의 논리는 문장을 배열하는 순서와 관련됩니다. 글을 쓰는 사람이 자기 생각을 배열한 순서가 독자의 사고를 매끄럽게 이끌어 내지 못하면 이해하기 어려운 글이 됩니다. 단어의 연결이 이상하거나 문장끼리의 연결이 모순되면 과속방지턱처럼 문장의 흐름이 끊깁니다.

> 시간이 있었다면 편지를 더 짧게 써서 보내드렸을 텐데 아쉽습니다.
>
> — 제르맹 드 스탈

군더더기를 줄여 봅시다. 내용이나 표현에서 중복을 피합니다. 접속어가 꼭 필요한지를 따지고 쉼표는 필요한 곳에만 찍습니다. 너무 많은 예나 지나친 수식어도 문장의 흐름을 방해합니다.

6. 눈길을 끄는 첫 문장, 울림을 남기는 끝 문장

첫 문장은 독자를 잡아끌고, 마지막 문장은 독자를 감동이나 생각 속에 남겨 둡니다. 중요한 만큼 첫 문장이나 마지막 문장을 쓰기는 호락호락하지 않습니다. 어떻게 인상적인 첫 문장과 깊은 울림을 남기는 끝 문장을 쓸 수 있을까요?

문장 부호 물음표(?)와 느낌표(!)를 적절히 활용하는 방법이 있습니다.

첫 문장에서 물음표는 질문을 던지거나 의문을 제기하는 식으로, 느낌표는 이 책의 가치, 내가 느낀 감탄, 감동적인 구절 등을 제시하는 것으로 시작합니다. 끝 문장에서 물음표는 이 책의 문제 의식을 강조하고 독자의 생각을 묻거나 문제 제기를 하는 식으로 '궁금하면 직접 읽어 보세요'라고 은근슬쩍 권하는 식으로 궁금증을 자아내 그 책을 쥐게 만드는 방법도 있겠죠. 결말에서 느낌표는 책에서 감동을 받는 구절의 인용, 나의 느낌 정리, 책의 가치를 강조하는 식으로 활용합니다.

이 밖에도 객관적인 사실을 제시하거나 자신의 체험을 정리하는 식으로 시작해도 좋습니다. 아예 결론에 나올 내용(이 책의 주제나 가치)을 처음부터 제시하는 방법도 있습니다.

어떻게 하면 독자의 지적인 흥미를 끌 수 있는 첫머리를 쓸 수 있을지를 궁리해 봅시다. 서론-본론-결론의 구성을 갖춘 글에서 서론은 글에 대한 독자의 첫인상이 만들어지는 대목입니다. 여러분도 어떤 글의 첫머리를 보고 이 글을 계속 읽을지 말지 결정하잖아요. 그런 만큼 서론에서는 정확한 정보를 전달하면서 동시에 독자의 흥미를 어떻게 잡아매어 두느냐를 궁리해야 합니다. 내 글에게 매력적인 첫인상을 어떻게 만들까요?

서평의 주제와 관점이 선명하게 드러내고 내가 본 것들이 어떠한 면에서 흥미로운지 보여 주는 방법도 있어요. 예컨대 기존의 해석과 다른 해석이나 평가를 보여 준다거나("이 책은 주로 사랑을 다룬 소설로 알려졌다. 그러나 나는 이 소설을 성장통을 다뤘다고 본다."

등) 작품에 관한 새로운 사실을 발견했다거나 하는 등의 독자의 지적인 호기심을 자극하는 방법도 있습니다. 내가 쓴 글의 참신함이나 의의는 본론과 결론까지 모두 작성하고 난 뒤에나 확실해지는 경우가 많습니다. 그렇기 때문에 본론과 결론을 모두 작성한 뒤에 서론의 내용을 가다듬으면 좋습니다.

다만 끝 문장을 '일기장'처럼 쓰는 것 피하길 바랍니다. "나는 이 책을 읽고 열심히 희망차게 살기로 마음먹었다." "어설프게 보냈던 나의 하루하루를 되돌아보게 되었다." 대놓고 결심과 반성으로 마무리하는 방법은 일기장에 걸맞습니다.

여운을 주는 소설의 마지막 문장을 살펴볼까요?

사람들은 말한다. 어떤 일은 용서받을 수 없다고 혹은 우리 자신을 결코 용서할 수 없다고. 하지만 우리는 용서한다. 언제나 그런다.
– 앨리스 먼로, 《디어 라이프》, 정연희 옮김, 문학동네, 2013.

그리고 눈을 떴을 때 너는 새로운 세계의 일부가 되어 있었다.
– 무라카미 하루키, 《해변의 카프카》, 김춘미 옮김, 문학사상사, 2010.

메시지를 강요하지 말아야 합니다. 담담한 묘사로도 전달이 가능합니다. 미주알고주알 말하면 울림이 없습니다. 종(鐘)이 소리를 내는 건 안쪽에 빈 공간이 있기 때문입니다. 여백이 여운을 낳습니다.

7. '나'를 더하기

단순히 설명하거나 요약한 글은 메뉴얼처럼 딱딱할 수 있습니다. 그 책의 내용을 설명하거나 비평하는 데 머물고 맙니다. 개성이 완전히 사라진다고까지는 할 수 없지만, 평범한 북가이드가 되거나 추상적인 이야기로 가득한 글이 될지도 모릅니다.

서평은 '글'입니다. 여러분은 서평을 쓰는 '작가'입니다. 서평에 '나'의 숨결을 불어넣어야 합니다. 자신과 적극적으로 연결시키는 것이 중요합니다. 이오덕은 글은 '짓는' 것이 아니라 '쓰는' 것임을 강조합니다. 따라서 '지은이(작가)'가 아니라 '글쓴이'라고 불러야 한다는 겁니다. 관념적인 이야기를 지어내지 말고 자기 삶에 근거한 살아 있는 이야기를 쓰라는 것이죠. 어떤 책에서 읽은 내용을 씨줄로 삼고 자신의 경험을 날줄로 삼으면 삶에 맞닿은 생생한 서평을 쓸 수 있습니다.

먼저 자신에게 이 책이 어떤 의미가 있었는지를 물어 보세요. 강상중은 《청춘을 읽는다》(돌베개, 2009)에서 나츠메 소세키의 〈산시로〉에 대한 서평에서, 도쿄에 상경한 자신의 경험과 소설 속 주인공 산시로의 도쿄 상경기를 겹쳐 놓습니다. 그는 고등학생 때부터 유학생활까지 자신의 청춘 시절을 흔든 책들을 소개합니다. 자신의 한 시절을 서평과 함께 제시하는 것으로, 책으로 엮은 자서전이라고 할 수 있죠. 책과 삶이 얼마나 맞물려 있는지를 보여 주는 책입니다. 각각의 책에 대한 분석, 자신이 처한 상황에 대한 진지한 고민, 개인으로부터 사회, 국가까지 아우르는 고민이 담겨 있습니다.

자오저우의 《책 뜯기 공부법》(허유영 옮김, 다산북스, 2015)은 독서(reading) - 해석(interpetation) - 활용(application)의 흐름을 강조합니다. 고급 학습자는 책을 읽으면서 끊임없이 질문합니다. 그 질문은 책 속의 내용에 관한 것일 수도 있고 자신의 과거 생각에 관한 것일 수도 있습니다. 그런 후에 책을 통해 얻은 지식들이 자신과 어떤 관계가 있는지 생각하고, 과거 자신의 경험과 대조하면서 눈에 보이는 현상의 뒤에 숨어 있는 본질을 탐구합니다. 그리고 새로운 지식들을 자신의 현실적인 문제에 어떻게 적용할 것인지 생각하고 계획하는 것이 책으로 공부하는 방법입니다. 중요한 것은 책의 내용을 자신과 연결시키려는 자세가 자신을 넓히려는 시도와 연결된다는 것입니다.

책의 내용과 별도로 언제, 어떤 기분으로, 어떤 감수성으로 읽었는지 등이 독서에 매우 밀접한 영향을 끼칩니다. 이 책을 언제,

어디서, 어떤 마음을 읽었는지 떠올려 보세요. 같은 책이라도 새벽에 읽었는지, 한밤에 읽었는지에 따라 달리 읽힙니다. 봄의 햇살, 여름의 매미 소리, 가을의 낙엽 냄새, 겨울바람이 갈피갈피에 스며들지요. 도서관, 내 방 침대, 소파, 카페, 지하철 등 읽은 장소에 따라서도 느낌이 달라집니다. 그 책과 함께했던 '나만의' 각별한 시간과 공간을 서평에 녹여 보세요. 책을 둘러싼 시간과 공간이 들어오면 글이 더욱 생생해집니다. 쓰는 사람의 감정이 더해지면 글도 자연히 풍성해집니다.

읽는 사람의 마음가짐과 느낌, 상태도 그때그때 다릅니다. 피곤한 때 눈을 부비며 읽은 책도 있고, 기대감에 부풀어 펼친 책도 있습니다. 감기에 걸려 몽롱해서 읽은 적도 있죠. 그때 그 순간의 마음을 담아 보세요. 서평은 내 삶의 기록이 됩니다.

8. 서지 정보 밝히기

서평은 어떤 책을 소개하는 역할을 합니다. 서두에는 반드시 책의 서지 정보(저자 이름, 번역자 이름, 책 제목, 출판사, 출판 연도 등)를 써야 합니다. 그래야만 독자가 서평 대상인 책을 찾아서 읽을 수 있습니다. 마치 어떤 학교, 어느 반, 번호, 이름으로 그 학생이 누군지를 정확히 알려 주는 것과 같아요.

동일한 저자, 동일한 제목의 책도 존재할 수 있으며, 같은 책이라도 번역자가 달라질 수 있습니다. 이를테면《어린 왕자》같이 유명한 책은 여러 번 다른 출판사와 다른 번역자를 거쳐 출간되었어요. 따라서 자신이 대상으로 삼은 책이 어느 번역자가 옮기고 어떤 출판사를 통해 나왔는지를 밝히는 게 중요합니다.

9. 화룡점정, '제목' 붙이기

사람에게 이름은 소중합니다. 글에서 이름에 해당하는 것이 '제목'입니다. 서평의 대상이 된 책과 서평은 엄연히 다른 글입니다. 당신의 글이 독자적인 생명력을 갖게 하려면 제목을 붙여 줘야 합니다.

제목에는 책의 본질과 서평을 쓰는 사람의 생각이 들어갑니다. 자신이 쓴 글의 내용을 한 줄로 요약한 것이 바로 '제목'입니다. 서평의 제목은 책에 대한 평가를 쉽게 알아볼 수 있도록 정해야 합니다. 제목만 봐도 이 사람이 이 책을 어떻게 보았는지가 단숨에 보입니다. 서평의 주제를 정한 후 주제가 분명하게 드러나는 가제를 우선 정해 보고, 글 작성을 마친 후 제목이 여전히 적절한지를 다시 한번 검토해 봅니다. 글을 작성하는 과정에서 실제 글의 내용이 처음의 계획과 조금 달라질 수도 있기 때문입니다.

내가 이 책을 어떻게 읽었는지 그 핵심이 제목에 드러납니다. 또한 제목 자체가 그 책에 대한 중요한 정보입니다. 그 책의 '핵심'을 드러냅니다. 그렇다면 제목은 어떻게 붙이면 좋을까요?

먼저 금기 사항부터 살펴봅시다.

• 도스토예프스키의 《죄와 벌》

책 제목이 곧 서평 제목인 경우입니다. 서평에 책 제목을 그냥 붙이면 곤란합니다. 서평은 책을 읽고 자신이 쓴 글입니다. 《죄와 벌》은 글의 '재료'일 뿐이죠. 오므라이스를 만들고, 메뉴판에 '달걀과 각종 야채, 밥'이라고 덜렁 재료명만 써놓은 모양새입니다.

• 도스토예프스키의 《죄와 벌》을 읽고

존재감이 희박한 제목입니다. 《죄와 벌》 서평, 《죄와 벌》에 대한 나의 감상 등도 무성의해 보이기 십상입니다.

〈위대한 한 사람이 세상을 구할 수 있을까〉(유시민 지음, 《청춘의 독서》, 웅진지식하우스, 2009)와 같이 책을 읽고 자신이 생각하고 느낀 바를 압축하는 제목을 붙여야 합니다.

예외도 있습니다. 책의 제목을 강조하고 싶다면 반복해도 좋습니다. 책의 제목이 글의 핵심 내용을 응축한 경우가 있기 때문입니다.

- 최후의 만찬은 누가 차렸을까

  –《최후의 만찬은 누가 차렸을까?》, 로잘린드 마일스

- 그는 당신에게 반하지 않았다

  –《그는 당신에게 반하지 않았다》, 그렉 버렌트 외

서평집 몇 권을 본보기로 하여 제목 짓는 방법을 알아볼까요?

[책의 핵심 내용을 보여 주는 제목]

- 글로벌 게임 법칙의 불공평함 –《세계는 평평하지 않다》,《세계는 울퉁불퉁하다》
- 로스쿨 학생들의 성장 다큐멘타리 –《치열한 법정》
- 기업은 상품이 아니라 브랜드를 생산한다 –《슈퍼 브랜드의 불편한 진실》
- 불로소득 환수의 원칙 –《공정국가》

《최재천의 책갈피》에서 이런 예를 찾을 수 있습니다.

이런 돌직구형 제목은 핵심을 제시하는 힘을 보여 줍니다.

[책에서 뽑아낸 강력한 문장을 제목으로]

- "태어나서, 죄송합니다." – 다자이 오사무,《인간실격》

- "모두 병들었는데 아무도 아프지 않았다." – 이성복, 〈그날〉
- "저는 그분들을 위해 기도할 것입니다." – 이청준, 〈벌레 이야기〉

[의문형을 붙인다]

《청춘의 독서》(유시민, 웅진지식하우스, 2009)에는 다음과 같이 의문형으로 끝나는 제목이 등장합니다.

- 지식인은 무엇으로 사는가 – 리영희, 《전환시대의 논리》
- 슬픔도 힘이 될까 – 알렉산드르 솔제니친, 《이반 데니소비치의 하루》
- 내 생각은 정말 내 생각일까 – 하인리히 뵐, 《카타리나 블룸의 잃어버린 명예》
- 역사의 진보를 믿어도 될까 – E. H. 카, 《역사란 무엇인가》

이런 제목은 책이 제기한 문제 의식과 논쟁 지점을 짚습니다. 또한 책을 읽어 가며 품었던 질문을 제시한 것이기도 합니다. 의문형의 문장을 보면 사람들은 무심결에 답을 궁리하게 되니 독자의 적극적인 참여를 이끌어 냅니다.

[알쏭달쏭하고 흥미를 자아내는 제목]

금정연의 서평집 《서서비행》(마티, 2012)에는 재미난 서평 제목이 등장합니다.

- 나태해진 영혼에 죽비를 – 《나는 왜 쓰는가》
- 그러니까 이건 진심으로 하는 말 – 《닉 혼비의 런던 스타일 책읽기》
- 위로 따윈 접어주시라 – 《야자열매술꾼》
- 작가라는 놈이 멋이나 부리고 – 《사랑은 가고 과거는 남는 것》

노래 가사의 일부를 따온 듯한 감각적인 문장이 눈길을 잡아끕니다. 글말이 아닌 입말로 친근하게 말을 걸어 공감을 이끌어 냅니다.

10. 퇴고하기

다 쓰고 나서 바로 고치지 말고 적어도 하루 정도는 재워 두세요. 글은 컴퓨터로 작성했으니 프린트해서 종이 상태로 보는 것도 도움이 됩니다. 무엇보다 자기가 쓴 원고를 낯설게 만들어 보는 것입니다. 글자 크기나 글자체를 바꾸는 것도 좋고요. 글을 썼던 장소와 다른 곳에서 '다른 사람'의 글처럼 읽어 보세요. 쓰는 당시에는 보이지 않았던 것들이 보이게 될 겁니다.

　퇴고할 때는 첫 문장부터 샅샅이 훑어보지 마시고, 먼저 글의 흐름이 원활한지 살펴보세요. 구조를 보는 것도 좋습니다. 빼야 할 곳과 보충할 때를 표시하세요. 그리고 마지막으로 문장을 살피면 좋습니다. 큰 덩어리부터 보고 세부를 살피세요.

11. 이렇게는 쓰지 말자

1) 한 번만 읽고 후딱 쓰지 말자

　서평을 쓰기 위해서는 대상 책의 내용을 충분히 소화하고 책과 관련된 정보까지 폭넓게 검토해야 하기 때문에 책을 한 번만 읽어서는 서평을 써내기가 어렵습니다. 따라서 서평을 쓸 때는 대상 책을 최소 두 번 이상 끝까지 읽는 것이 좋아요. 그리고 읽을 때마다 장소나 자세를 달리하여 책을 여러 각도에서 살펴보려는 노력도 좋습니다. 소파에 누워 한 번 쓱 훑어보고 의자에 앉아서 또박또박 읽어 보는 등 여러 방법을 사용해 책에 접근해 보는 것도 좋습니다. 책을 처음 읽을 때는 책의 메시지를 최대한 수용하고 책의 특징과 매력을 찾아내려는 애정 어린 자세로 읽어 보고, 두 번째로 읽을 때는 첫 번째 독서에서 건져 낸 의문점이나 아쉬운 점을 바탕으로 책의 내용이나 구성 방식을 비판적으로 검토해 보는 것도 좋습니다.

2) 자기 의견을 정리하기 전에 다른 서평을 참고하지 말자

자신의 비평이 지닌 새로움과 의의를 드러내기 위해서라도 기존 논의를 검토하는 작업은 필요합니다. 또 작품 해석의 사례를 살펴보고 해석의 흐름을 파악함으로써 주제에 관한 아이디어를 얻거나 논의의 방향을 정하는 데 도움을 받기도 하죠. 그렇지만 작품을 읽고 나서 무엇을 쓸지 잘 떠오르지 않는다고 해서 무작정 해당 작품에 대한 기존의 비평이나 연구를 찾아보는 것은 별로 바람직하지 않습니다. 자신의 주제나 관점이 분명하지 않은 상태에서 전문 연구자나 비평가의 글을 먼저 읽으면 그것이 마치 하나의 모범 답안처럼 여겨져 거기에서 벗어나기 힘들 수 있기 때문입니다. 작품을 읽고 난 후 바로 주제가 떠오르지 않더라도 조급해하지 말고 작품을 거듭 읽으면서 논의할 만한 주제를 스스로 찾아보는 것이 좋아요. 거듭 읽기의 과정을 거치면 처음에는 잘 눈에 띄지 않던 텍스트 내의 패턴들이 점점 선명하게 다가오고 그것이 해석의 단서가 되는 경우가 많기 때문입니다. 조금 시간이 걸리고 어렵게 느껴지더라도 주제를 찾고 그에 대한 자신의 견해를 어느 정도 분명히 세운 후에 기존 논의를 검토하는 것이 바람직합니다.

3) 앵무새가 되지 말자

미국 대학의 영문과에서 학생들이 문학 작품에 대한 리포트를 제출할 때 철저한 금기 사항이 줄거리 요약이라고 합니다. 여기에 매달리면 독창적 생각이 나올 공간이 없어져 버리기 때문이죠. 다시 말해 자기 생각이 없는 글이 되기 때문에 리포트 중에서 제일 하급 리포트로 처리한다는 것입니다(이종인, 《번역은 글쓰기다》, 즐거운상상, 2009). 작품을 읽지 않은 독자를 위한 배려에서인지 비평문의 주제와 무관하게 작품의 스토리를 비평문에 상세하게 서술해 놓는 경우가 있습니다. 비평문은 작품을 읽지 않은 독자들도 그 내용을 이해할 수 있는 방식으로 작성되는 것이 바람직하지만, 비평문의 독자성과 자율성은 작품의 줄거리를 상세히 소개한다고 생기는 것은 아닐 것입니다. 비평문의 자율성은 비평적 견해와 글의 논리적 구조를 선명하게 드러냄으로써 강화될 수 있죠. 비평문은 작품의 스토리가 아니라 비평문 고유의 주제에 집중하고 있어야 하며 그것을 가장 잘 드러낼 수 있는 방식으로 구성되어야 합니다. 그런 점에서 작품의 흐름을 따라가며 군데군데 자신의 단상을 덧붙이는 식의 구성도 바람직하지 않아요. 또 작가의 이력과 작품의 줄거리, 작중 인물에 관한 정보를 마치 백과사전처럼 나열하는 식의 구성 또한 바람직하지 않습니다. 비평문의 필자는 작품의 줄거리에 구애받지 말고 비평의 논리적 구조에 어울리는 비평문 자체의 구성을 만들어야 합니다.

4) 마냥 '재미있었다'라고 쓰지 말자

적절한 근거를 제시해야 합니다. 어떤 소설책이 재미있었다면 어떤 부분이 재미를 줬는지를 콕 짚어 말해 주세요. 작가의 문체, 구성 방식, 소설 속 등장인물이 생생했다거나 당대를 잘 드러냈다는 식으로 '재미'의 정체를 확실히 언급해 주세요.

5) 다짜고짜 '재미없었다'라고 쓰지 말자

책에 대한 평가는 각자가 지닌 기준과 취향에 따라 달라질 수 있어요. 나는 좋게 본 책이 어떤 사람에게는 별로일 수 있고, 반대로 남들이 다 좋다는 책이 내게는 그다지 다가오지 않을 수 있죠. 좋게 보거나 부정적으로 본 것 자체가 문제가 되진 않아요. 하지만 작품의 의미에 대해 충분히 생각하지 않은 채 다짜고짜 "별로다.", "지루하고 시시하다", "졸작이다", "읽지 말 것"이라고 함부로 말하면 책에 대한 생산적인 이야기를 만들어 냈다고 보기 힘들어요. 자칫하면 흠집 잡기나 트집 잡기로 비칠 가능성이 높아 독자의 공감을 사기도 어렵습니다. 마음에 들지 않은 부분이 있다면 어디인지, 왜 그런 생각을 갖게 되었는지 확실한 근거를 들어 주세요.

6) 내 생각을 일방적으로 늘어놓지 말자

서평 대상인 책에 대해 알고 싶은 것이지, 글쓴이의 개인적인 사정에 대해 구구절절 알고 싶은 게 아닙니다. '서평' 쓰기는 일방적으로 감정을 토로하거나 자기 사정을 늘어놓는 것이 아니라 책의 가치와 의미를 밝히는 글입니다.

7) 자기 지식을 과시하지 말자

그 책의 내용과 동떨어진, 자신이 알고 있는 바를 늘어놓아서도 안 됩니다. 독자는 글쓴이가 유식한 척하면 거부감부터 느끼게 됩니다. 마찬가지로 독자에게 이 책을 읽어야 한다는 것을 설교조로 늘어놓는 것도 위험합니다.

8) 막무가내로 다짜고짜 쓰지 말자

먼저 개요를 짜서 흐름을 잡은 뒤에 쓰기를 시작하세요.

9) 저자의 말, 참고자료, 내 말을 뒤섞지 말자

책의 저자가 쓴 내용과, 책과 관련된 다른 자료에서 본 내용과, 서평자 본인의 생각을 구분하지 않은 채로 뒤섞어 서평을 쓰는 경우가 있어요. 이러면 본인의 생각을 발전시키기 어렵고 표절의 위험도 커집니다. 글에서 인용할 때는 출처를 명확하게 구분하면서 제시해야 합니다. '글쓴이는 ~라고 말한다', '저자에 따르면 ~이다' 와 같은 문장으로 쓴다든지, 참고자료에서 확인한 내용은 '○○○ 는 ~라고 주장한다', '○○○에 따르면 ~라고 한다.'라고 누가 쓴 것인지를 정확히 밝혀 주세요.

10) 뻔한 말로 끝내지 말자

일기장식 구성이라고 합니다. 일기를 쓸 때 마지막엔 '결심'이나 반성을 넣게 마련입니다. 이 책을 읽고 어떻게 살기로 했다는 식 의 판에 박힌 표현은 피하면 좋습니다. 서평 쓰기에 익숙지 않은 학생들은 '책을 읽기 전에는 내가 ~한 점을 잘 몰랐는데, 책을 읽 고 나서 깨달음을 얻었다'는 식으로 서평에서 자신의 변화를 강조 하거나 '수업에서 교수님이 읽으라고 하셔서 이 책을 읽게 되었다' 는 식으로 책을 읽게 된 개인적인 경위를 쓰는 경우도 많습니다. 그러나 서평은 개인적인 소회나 경위를 밝히는 글이 아니라, 서평 을 읽는 독자들에게 책의 특징과 가치를 논리적으로 소개하는 글 임을 기억해야 합니다. 서평의 중심은 '나의 변화, 나의 생활'이 아 니라 '책'에 있어야 해요.

6장

한		걸	음		더

1. 색다른 서평 쓰기

1) 책계부 쓰기

자신이 구매한 책 목록을 통해 서평을 쓰는 방법도 있습니다. 《닉 혼비 런던스타일 책읽기》(이나경 옮김, 청어람미디어, 2009)는 책으로 쓴 가계부이자 일기장입니다. 자신이 구입한 책을 기록하고 언제, 어디서, 왜, 무엇을 읽었는지를 써둡니다.

> **2003년 9월 19일**
> 헤이온와이에서 책을 잔뜩 사왔음. 어느 작가의 전집을 일주일 만에 읽어치움. 매제의 신간 스릴러 읽음.
>
> **2003년 11월 39일**
> 축구 시즌 덕에 책 읽는 속도가 떨어짐. 래리 데이비드와 리처드 예이츠의 관계. 플롯을 다 알려주는 홍보 문구라니.

일 년 독서 예산을 잡아 두고 책계부를 작성하면 자신의 취향이 어디에 있는지, 어떤 분야의 책은 별로 손대지 않았는지도 보입니다.

2) 책 일기

《행복한 책읽기》(문학과지성사, 1992)은 평론가 김현이 1985년 12월 30일부터 1989년 12월 12일까지 만 4년 동안 쓴 381일치의 일기이자 유고로, 책에 대한 애정과 깊은 이해를 보여 주는 글입니다. 작가는 일기장을 쓰듯, 맨 위에 날짜를 적고 그날 만난 책과 영화에 대한 단상을 기록합니다.

> **1987. 3. 22**
> 루카치의 《역사와 계급의식》(거름, 1987)을 정독했다. 번역이 좋아서였겠지만, 프랑스어판을 읽었을 때와는 다른 감정, 앎이라는 감정보다는 삶에서의 싸움과 연관된 감정이 더 선명히 살아났다.

이런 느낌에 뒤이어 이 책을 한국의 현 상황에서 어떻게 받아들여야 하는지, 책읽기란 무엇인지, 사회과학서적을 읽는 것이 어떤 의미를 지니는지를 에세이 형식으로 자유롭게 풀어 갑니다. 《행복한 책읽기》는 책을 읽고 얻은 것이 어떻게 생각을 심화시키고 넓힐 수 있는지를 보여 주는 좋은 예입니다. 일기를 쓰면 자신과 정직하게 마주하게 됩니다. 김현의 책은 책을 펼치고 골똘히 생각에 잠긴 사람의 정직한 뒷모습을 보여 줍니다. 또한 에세이 특유의 자유로움으로 생각이 뿌리를 뻗어 가는 과정을 보는 것도 흥미롭

습니다. 그날 읽는 책을 기록하는 일기를 쓰면 충만한 하루하루를
보낼 수 있겠죠.

이 밖에 저자나 책의 등장인물에게 편지를 쓰거나 가상 인터뷰
를 해 볼 수도 있습니다. 공부를 하는 셈치고 책에 대한 연구노트
를 여럿이 쓰는 방법도 있겠죠. 중요한 정보를 추려 독서신문을
만들어도 좋습니다.

3) 꼭 '글'로만 쓰란 법도 없다

반드시 '글'로만 서평을 쓰란 법은 없습니다. 읽은 책에 자신의
생각을 더하는 여러 가지 방법을 소개합니다.

① 비블리오 배틀 / 홈쇼핑

5분간 책을 소개한 뒤 사람들이 읽고 싶다고 생각한 책을 선택
하는 것으로 가장 많이 선택된 책이 승리하는 방식입니다.

홈쇼핑 방송의 형식을 빌려 정해진 시간에 책을 선전합니다. 정적
인 독서에 동적인 방식을 더해 활기차게 책을 소개하는 겁니다. 다
만 판매에 치중해 과장된 감상이나 정보를 전해서는 곤란하겠죠.

② 15분 토론

상반된 의견을 가진 사람이 토론을 하며 책의 가치를 논합니다.

패널은 찬반 양측을 동일한 수로 나누고 사회자를 두어 토론의 진행을 돕습니다. 서기를 두거나 녹음을 해서 토론 과정을 기록하면 육성이 담긴 서평이 완성됩니다.

③ 역할 놀이

'역할'에 따라 책을 보는 입장이 다릅니다. 서점 직원이나 출판사, 작가, 독자, 비평가 등 입장을 나누어 역할 놀이를 해보는 것입니다. 서점 직원이나 출판사는 이 책의 매력을 마케팅 포인트에 맞춰 설명할 것입니다. 작가는 자신이 이 책을 왜 썼는지, 독자에게 전달하고픈 게 뭐였는지 말하겠죠. 비평가는 이 책이 놓인 위치, 맥락, 의미를 전해 줄 것입니다.

또한 이런 역할 놀이는 한 권의 책이 '관점'이나 '입장'에 따라 얼마나 다르게 보일 수 있는지를 실감할 기회를 마련해 줍니다.

④ 광고 만들기

표지 디자인을 해보거나 광고 문구를 작성하는 방법입니다. 책의 내용에 더 가깝게 접근하는 길을 마련해 줄 것입니다. 이 책의 매력을 드러내는 문구를 작성해 보세요.

⑤ 낭독회

각자 그 책에서 자신이 가장 마음에 들었던 부분을 발췌해 읽는 것입니다. 겹쳐도 상관없습니다. 목소리는 제각각이니까요. 읽는 사람에 따라 느낌이 달라지니까요. 낭독회가 끝나고 참여자들에게 문구를 적은 선물(책갈피)을 주어도 좋습니다.

⑥ 영상화된 작품과 비교해 보기

원소스 멀티유즈(one-source multi-use) 방식으로 책이 영화, 드라마, 연극, 웹툰으로 제작되는 경우가 있습니다. 이럴 경우 원작과 영상화된 작품을 비교하는 방법도 있습니다. 영상화 자체가 책을 읽고 매체를 달리한 '서평'입니다. 각색자는 원작의 어떤 부분을 강조할지, 무엇을 중심으로 할지를 결정합니다. '매체'가 달라졌기에 발생하는 차이도 있지만, 각색자가 그 원작을 어떻게 읽었는지도 각색의 방향을 결정합니다.

⑦ 수다 떨기

책을 읽고 주변 사람을 만나서 책에 대해 떠드는 겁니다. 어디가 재미있었다고 생각했는지, 이 책의 장점이 무엇인지 들려 주는 겁니다. 대화는 상대방을 직접 대하며 하는 것이기에 상대의 반응을 보며 이야기를 조율할 수 있습니다. 읽은 책에 대해 말을 하다

보면 줄거리가 자연스레 정리되고 그 책의 장점을 콕 짚어 낼 수 있는 능력도 길러집니다.

이외에 책의 내용을 바탕으로 꾸린 '퀴즈 대회', 책을 각색해서 만든 '연극', 책의 내용으로 알리는 '이 책의 주제가 만들기' 등의 방법도 활용할 수 있습니다.

2. 서평 쓰는 실력을 늘리는 방법

1) 북 섹션 읽기

신문이나 잡지에는 일정한 날짜에 책에 대한 기사가 실립니다. 명칭은 제각각이지만 이런 책 관련 기사가 모인 코너를 '북 섹션'이라고 합니다.

좋은 책을 고르고 싶다면 신문, 잡지에 있는 서평란부터 공들여 읽으면 좋습니다. 북 섹션에는 매일 수십 권씩 엄청난 속도로 줄줄이 발행되는 신간 서적 중에 특히 주목할 만한 책을 선별해 그 내용과 장단점을 명확히 분석하여 정리한 글이 실려 있거든요. 이런 북 섹션은 어떤 책을 읽을지를 알려 주는 길잡이가 됩니다. 또한 서평란을 꾸준히 읽으면 신간을 모두 읽지 않아도 출판계의 전반적인 동향을 파악할 수 있습니다.

무엇보다 북 섹션은 짧은 '서평'들이 집합장입니다. 월간지나 신문에 서평을 쓰는 사람들은 서평으로 다룰 책을 고르기 위해 수십 권의 책을 접합니다. 전문 독서가이며 서평 쓰기 전문가의 글을 읽는 것은 서평 쓰는 실력을 기르는 데 도움이 됩니다.

서평에는 '인터넷 리뷰'도 포함됩니다. 인터넷에서 서평을 살필 때는 극찬만 하거나 무작정 깎아내리는 의견은 제외하고 살피는 것이 좋습니다. 극단적인 내용은 피하는 것이죠. 별 한 개의 최저 평가를 내리고 무작정 폄훼하는 내용은 의심해 보자는 겁니다. 특히 그렇게 낮은 평가를 내린 사람이 한두 사람일 경우에는 개인적인 사정이 개입되었을 가능성이 높습니다. 자신에게 필요 없는 책을 샀거나, 저자를 원래 싫어하거나, 책을 잘못 읽었을 수도 있습니다. 서평에 제목을 붙였거나, 책의 본문이 적절히 인용된 리뷰는 일단 믿음직합니다.

2) 서평집 읽기

서평을 잘 쓰려면 잘 쓴 서평을 읽어야겠죠. 장정일, 정희진, 금정연, 이권우, 로쟈(이현우), 강유원, 표정훈 등의 서평 전문가나 출판 평론가가 펴낸 책을 보시면 좋습니다. 작가들이 자신에게 영향을 준 책을 모아 둔 서적도 도움이 됩니다. 이를테면 이탈로 칼비노의 《왜 고전을 읽는가》(이소연 옮김, 민음사, 2008)는 작가가 자신이 아끼는 호메로스, 오비디우스 등 고대 작가에서부터 스탕달, 톨스토이, 플로베르, 발자크를 비롯해 마크 트웨인, 찰스 디킨스, 헨리 제임스, 보르헤스 등 현대 작가에 이르기까지 30여 명의 고전 작가와 작품들에 대한 글이 모여 있습니다. 일간지 서평이나 책의 서문 혹은 연설문으로 발표했던 글을 묶은 에세이는 짤막하여 읽기 편하고, 무엇보다 서문에 등장하는 '우리가 고전을 읽어야 하는 이유' 열네 가지는 고전 읽기의 길잡이가 됩니다. 그중 일부를 소개해 봅니다.

1. 고전이란, 사람들이 보통 "나는 ○○○○를 다시 읽고 있어."라고 말하지 "나는 지금 ○○○○를 읽고 있어."라고는 결코 이야기하지 않는 책이다.

2. 고전이란 그것을 읽고 좋아하게 된 독자들에게는 소중한 경험을 선사하는 책이다. 그러나 가장 좋은 조건에서 즐겁게 읽을 수 있는 기회를 얻은 사람들만이 그런 풍부한 경험을 할 수 있다.

3. 고전이란 특별한 영향을 미치는 책들이다. 그러한 작품들은 우리의 상상력 속에 잊을 수 없는 것으로 각인될 때나, 개인의 무의식이나 집단의 무의식이라는 가면을 쓴 채 기억의 지층 안에 숨어 있을 때 그 특별한 영향력을 발휘한다.

4. 고전이란 다시 읽을 때마다 처음 읽는 것처럼 무언가를 발견한다는 느낌을 갖게 해 주는 책이다.

5. 고전이란 우리가 처음 읽을 때조차 이전에 읽은 것 같은, '다시 읽는' 느낌을 주는 책이다.

한 분야의 책을 골라 서평을 실은 책도 지식의 지도를 그리는 데 유용합니다. 《철학자의 서재》(한국철학사상연구회 지음, 알렙, 2011)는 철학자 100명이 고른 책을 소개하며 간단한 서평이 함께 실려 지의 세계로 떠나는 가이드북으로 유용합니다. 《세상 물정의 사회학》(노명우 지음, 사계절, 2013)은 다양한 사회학 관련 도서를 맛보이는 서평 모음집입니다.

문장, 예스24에서 발간하는 웹진도 책을 골라잡는 데 도움을 줍니다. 서평집의 장점은 시식을 하듯 어떤 책의 알곡을 모아 볼 수 있다는 것입니다. 좋은 책을 소개받는 자리가 되기도 하지요. 내가 좋아하는 책을 아끼는 서평가를 만나면 마음이 통하는 글벗을 만난 것입니다. 그 사람이 아끼는 다른 책들에도 귀를 기울여 보세요.

3. 책과 가까워지는 방법

1) 서점 산책

서점은 책들이 사는 집입니다. 온라인 서점에서는 책을 컴퓨터 화면상으로만 볼 수 있기에 실제 종이의 질감, 인쇄 상태, 판형(사이즈) 등은 확인할 수 없습니다. 책의 무게감, 표지의 질감 등을 실감하지 못합니다.

한 달에 한 번쯤 운동화를 신고 가방은 둘러메고 서점으로 산책을 가볼까요? 서가를 거닐며 유유자적 책들을 들춰 봅니다. 세상에는 별별 책들이 다 있구나, 이렇게 많은 목소리와 생각이 조용하게 와글거리고 있구나 감탄하게 됩니다. 평소에 관심을 그다지 두지 않았던 분야의 책도 둘러봅니다. 그러다 보면 우연히 어떤 책과 마주칠 겁니다. 인터넷 서점이 주기 어려운 만남의 기회를 제공합니다.

서점에는 사람들이 있습니다. 책을 사려는 사람, 책을 좋아하는 사람들이 모여듭니다. 자신에게 힘을 주는 책을 찾으려는, 사물과 세상에 대해 알고 싶은 사람들이 책을 펴들고 있습니다. 책을 펴든 사람은 침묵하지만 묘한 열기를 불러일으킵니다. 서점을 거닐다 보면 이런 '분위기'에 빠져듭니다.

"서점은 도서관과 달리 일정 시간이 지나면 책을 치워버리고 앉아 있기도 힘들다. 하지만 그 길게 나열된 '메시지의 힘'을 접하면 뭐라고 말하기 힘든 긴장감이 느껴지고 한 권씩 손에 들고 있을 수 있는 시간이 짧기 때문에 책을 판단하는 능력이 길러진다.(마쓰 오카 세이지)"

　어떤 한 분야에 대해 좁고 깊게 조사하고 싶을 때는 책 종수가 풍부한 대형 서점에 가서 되도록 많은 책을 접하는 것이 좋습니다. 만일 읽고 싶은 책이 해당 서점에 없을 때는 서점 직원에게 책 제목과 저자의 이름을 알려 주면 출판사에 직접 연락해서 비치해 놓기도 합니다.

　반면 작은 서점은 매장 면적이 제한되었기에 사람들이 즐겨 찾는 책들이 '압축'되어 진열됩니다. 공항 서점이 그 대표적인 예입니다. 작은 서점들은 독자적인 기준으로 책을 선정하여 진열해 두기도 합니다. 추리 소설 전문 서점, 여행 서적 전문 서점이 그 예겠지요. 독립출판물만 모아둔 서점, 어린이 책 전문서점, 정원을 꾸린 서점도 돋보입니다. 오붓하고 독특한 매력을 가진 동네 책방에 가면 친구네 집에 놀러 간 것 같습니다. 헌책방 순례도 보물찾기를 하는 즐거움을 줍니다.

2) 책으로 '사람'을 만난다

　책을 쓴 사람이 등장하는 북 콘서트, 강연회, 세미나에 참석하는 것도 좋습니다. 글말로 접하던 생각을 육성으로 전달받아 달리 접하는 계기가 됩니다. 이런 행사는 시간이 제한되어 있기 때문에 알곡을 골라 만나게 됩니다. 목소리를 입은 활자는 생동감을 전해 줍니다. 저자를 직접 만나면 다른 각도에서 책을 접할 수 있습니다. 사람이 새로운 세상을 접하는 길은 책, 사람, 여행이라고 합니다. 그러니 북 콘서트, 강연회, 세미나는 사람과 책을 동시에 손에 넣는 일입니다.

또한 책을 함께 읽는 소모임을 꾸려 보는 것도 좋습니다. 같은 책을 읽은 사람들은 피를 나눈 사람처럼 닮아 갑니다. 책은 생각의 공동체를 꾸려 나갈 실마리가 됩니다. 또한 한 권의 책을 두고도 사람마다 달리 읽습니다. 세상을 보는 다양한 시각을 접할 수 있겠죠. "우리의 삶은 두 가지 방법을 통해 변한다. 우리가 만나는 사람을 통해서, 그리고 우리가 읽는 책을 통해서.(맥케이)"

책을 함께 읽을 벗을 찾아보세요. 와! 너는 이 책을 그렇게 읽었구나. 와, 그렇게 볼 수도 있구나. 같은 책에 대해 함께 이야기하면 그 책의 의미는 풍성해집니다.

3) 나만의 서재 꾸리기

아끼는 책만 꽂아 두는 책장도 일종의 서평입니다. 책에 대한 가치 평가를 선택과 배열로 가시화합니다. '명예의 전당', '올해의 책' 등을 선발하여 곁에 두고 아껴 주는 것입니다.

나루케 마코토는 《책장의 정석》(최미혜 옮김, 비전코리아, 2014)에서 책장 세 개를 갖추라고 당부합니다. 첫째는 신선한 책장입니다. 산 지 얼마 안 되는 책, 앞으로 읽을 책을 두는 공간으로 여기 있는 책은 미래에 자신의 교양이 됩니다. 둘째인 메인 책장은 다 읽은 책을 효율적으로 꽂아 두는 장소로 세 개의 책장 중 가장 용량이 큽니다. 셋째는 타워 책장입니다. 생각날 때 참조하고 싶은 책들을 쌓아 두는 책장으로 사전이나 핸드북으로 꾸립니다.

책장만큼 자신을 잘 보여 주는 공간은 없습니다. 자신의 취향에 맞춰 만든 책의 공간, 곁에 두면 좋은 친구가 됩니다. "책은 우리에게 남을 마지막 친구이며, 우리를 속이지도, 우리의 늙음을 나무라지도 않기 때문(에밀 파게)"입니다.

냉장고에 몸의 양식을 담아 두는 것처럼 책장에는 마음의 양식을 쟁여 둡니다. 편안한 마음으로 책등에 적힌 제목만 훑어도 생각이 움틉니다.

4) 오직 하나뿐인 독서 리스트

누구나 반드시 읽어야 할 '필독서'는 없습니다. 반드시 읽어야 하는 책은 사람마다 다르고요. 나에게 필요한 책은 내가 잘 압니다. 나만의 독서 리스트는 독특한 나를 만들어 가는 데 보탬이 됩니다. 이를테면 '유토피아'에 관심이 생기면 유토피아를 다룬 책을 찾아 읽는 겁니다.

- 토마스 모어의 《유토피아》
- 아틀란티스를 다룬 플라톤의 《크리티아스》
- 올더스 헉슬리의 《멋진 신세계》
- 조나단 스위프트의 《걸리버 여행기》

이런 식으로 겹쳐 읽으면 유토피아에 대한 나만의 생각이 자라납니다. 키워드를 정하고 그에 맞는 책을 10권 정도 선정하여 읽으면 어떤 분야에 대한 대략적인 지도가 그려집니다.

이렇게 리스트를 선정하여 자신이 좋아하는 분야의 책을 다룬 서평으로 쓸 수도 있습니다. 음악에 관련된 책만 모아 둔 《장정일의 악서총람》은 직간접적으로 음악을 이야기하는 책 174권의 리뷰를 담은 책입니다. 시집이나 소설책 등 문학서를 다룬 비평집도 그런 예가 될 것입니다.

5) 어려운 책과 노는 법

흰 것은 종이요, 검은 것은 글자. 눈은 보고 있지만 머리로 들어오질 않아! 가끔씩 만만치 않은 책과 만나곤 합니다. 이 책은 왜 이렇게 어려운 걸까요? 막막함의 원인은 책 자체에 있는 경우와 읽는 사람에게 있는 경우 둘로 나뉩니다.

첫째, 못 쓴 책은 잘 읽히지 않습니다. 구조가 엉망이라거나 흐름이 매끄럽지 않거나 저자가 도대체 뭘 말하는지가 명확하지 않은 책은 이해하기 어렵습니다. 비슷한 맥락에서 번역이 매끄럽지 못한 책도 읽기 어렵습니다.

또한 이 세상엔 원래 어려운 책이 있습니다. 깊은 우물처럼 아무리 두레박을 던져도 도저히 퍼올릴 수 없는 책이 분명 존재합니다. 작가가 부러 쉽게 풀지 않은 경우도 있습니다. 익숙한 방식이 아니라 새로운 방식으로 쓰인 책은 선뜻 다가오질 않습니다. 저자가 책에 담은 사상, 저자가 택한 서술 방법, 단어 등이 독자가 단박에 수용하기 어려운 경우도 분명히 존재합니다. 《야전과 영원》 (사사키 아타루 지음, 안천 옮김, 자음과모음, 2015)은 라캉의 책이 어려운 이유를 다음과 같이 서술합니다. "라캉의 난해함은 그가 제시한 개념의 혼성성(混成性)과 불균질성에서 기인한다. 라캉이 제조한 개념은 하나하나가 특수한 잉여성을 지닌다고 할 수 있다." 이런 난해함은 "라캉적인 주체를 생산하기 위함이다. 난해함에 도전하고, 그것을 겨우 읽을 수 있게 되는 것, 그리고 그 개념을 다루게 되는 것. 그 긴 과정 한복판에서 생각뿐 아니라 거동도 조금씩 변해 가는 것. 이것이 라캉적인 주체를 만들어 내는 제조과정이다." 난해함 자체가 작가가 의도한 것일 수도 있다는 것입니다.

그 책과 연관된 책들, 저자의 다른 책을 통해 접근하는 방법도 있습니다. 어떤 작가든 주요 관심사는 정해져 있습니다. 작가는 그 씨앗을 여러 방향으로 기르며 책을 집필합니다. 그래서 한 작가가 쓴 책에서 그 작가가 새롭게 주장하는 부분은 전체 분량의 7퍼센트에 해당합니다. 알랭 바디우의 주저인 《존재와 사건》은 접근이 만만찮은 책입니다. 그렇다면 알랭 바디우의 저작 중 접근하기 쉬운 대담집인 《철학과 사건》(오월의 봄, 2015)이나 강의록을 정리한 《투사를 위한 철학》(오월의 봄, 2013), 남녀 간의 사랑을 주제로 한 《사랑예찬》(길, 2010) 등으로 물꼬를 트시는 것도 좋습니다.

둘째로, 독자의 독해력이나 지식의 부족이 원인인 경우도 있습니다. 이럴 때는 두 가지 방법으로 대처할 수 있습니다. 사람과의 만남과 마찬가지로 책과의 만남도 '타이밍'이 중요합니다. 도저히 머릿속에 들어오지 않는다면 아직 '때가 아니다'라고 생각해도 좋습니다. 책도 제철 과일처럼 때가 맞으면 더 맛깔납니다. 잠시 접어 두고 시간이 지나 경험치(듣고 보는 것, 겪은 일)가 늘면 독해력은 높고 깊어집니다.

이해되지 않는 책을 끌어안고 끙끙대도 책은 좀처럼 다가오질 않습니다. 이럴 때는 이 책을 읽을 수 있는 독해력을 길러 주면 좋습니다. 배경 지식(스키마)이 없는 낯선 분야의 책은 처음엔 암호

문 같습니다. 경제학이나 물리학 책이 그 예겠죠. 듣지도 보지도 못한 용어들이 줄줄이 나오니 외국어로 쓰인 셈입니다. 각각의 학문은 고유명사의 집합체라 할 수 있습니다. 일단 그 세계에서 쓰는 용어들과 낯을 익히는 겁니다. 각종 사전을 동원하여 용어를 하나씩 알아가면 그 책에 다가가는 길이 열립니다.

배경 지식과 근력을 길러 시간을 두고 도전하는 방법도 있습니다. 읽고자 하는 책과 관련된 사전 지식, 배경 지식을 갖춰야 새로 들어오는 내용과 결합시켜 이해력을 향상시킵니다. 이 책과 연관된 입문서로 접근을 시도해 보는 것도 좋습니다. 입문서는 비전문가인 일반인도 알기 쉽게 풀어 쓴 책을 의미합니다. 어떤 책이 어려울 땐 그 책에 나오는 낯선 용어와 개념, 이론이 걸림돌이 되는 경우가 많습니다. 개론서를 비롯한 입문서를 통해 그 낯선 말들과 익숙해지는 일부터 시작하는 겁니다. 그 책이 속하는 분야에 해당하는 문고본을 읽는 것도 좋습니다. 살림 지식 총서, 책세상 문고, 시공디스커버리 문고, 문지 스펙트럼, 일본의 이와나미 문고나 프랑스의 끄세즈 문고가 그 예입니다. 이런 문고본은 해당 분야의 전문가들이 독자들이 이해하기 쉽게 서술하고, 이해를 돕는 참고 문헌도 달아 둡니다. 문고판은 철저히 폭넓은 독자층을 대상으로 본질에만 초점을 맞추어 분량을 대폭 줄이고 어려운 이야기를 쉽게 풀어 전달합니다. 책의 구성도 서론에서 결론을 내고 본문을 통해 그 이유를 설명하거나 증명하는 식이죠. 깊은 풀장에 뛰어들기 전에 이런 책들로 준비 운동을 해두면 좋습니다.

낯선 용어와 개념, 이론들과 낯을 익히는 과정이 바로 '공부'입니다. 입문서나 문고본에서 얻은 지식을 바탕으로 좀더 깊은 내용을 담고 있는 단행본을 찾아 읽을 수도 있고, 다른 분야의 입문서로 관심을 돌릴 수 있습니다. 세계는 깊어지거나 넓어집니다.

> 어려운 책을 읽는 것은, 어렵다고 여겼던 앎을 얻는 기쁨만이 아니라 내 안의 세포를 깨워 한계를 넓히는 드문 기쁨을 줍니다. 그러므로 내가 모르는 세상, 내가 모르고 외면했던 사람들을 만나기 위해서는 물론이요 나도 몰랐던 내 안의 나를 찾기 위해서도 반드시 어려운 책을 읽는 수고를 해야 합니다.
>
> – 김이경, 《책 먹는 법》, 유유, 2020.

어려운 책과의 만남은 행운입니다. 아는 척하고 읽는 것보다 완봉패를 당하거나 모자를 벗어 패배를 인정하는 편이 조금씩 독서력을 길러 나가는 길입니다. 어려운 책은 당신이 무엇을 모르는지를 알려 줍니다. 시라토리 하루히코는 《독학》(송태욱 옮김, 이름북, 2015)에서 어려운 책과 맞서라고 합니다. "어려운 책은 이해하기 어려워 읽어도 소용 없다는 말은 어떻게든 효율을 추구하는 것처럼 가장하는 '회피논리'에 지나지 않는다. 어려운 책이어서 읽을 가치가 있는 것이다. 지금까지 어렵게만 보였던 것을 드디어 알게 되는 것은 허물을 벗고 새로운 자신이 되는 일이기도 하다. 무릇 모든 내용을 쉽게 알 수 있는 책은 애초에 읽어야 할 가치가 없다. 책이란 지금까지의 자신과는 다른 사고, 다른 지식, 다른 관점을 포함하고 있어야 읽을 의미가 있는 것이다."

저자는 '방관적 자세'로 어려운 책에 접근해 보자고 말합니다. "방관적 자세로 읽기란 책을 제대로 읽지 않고 한동안 바라보는 것이다. 우선 복잡하고 성가셔 보이는 책을 사왔다면 주변에 놔둔 다. 그런 식으로 소홀히 다루다 보면, 곧 그 책이 방에 친숙해진 다. 처음의 위화감, 위압적인 느낌이 옅어진다. 위엄이 조금 줄어 든다. 그리고 여유로울 때 들춰 본다. 성실하게 읽지도 않는다. 놀 리는 듯한 느낌으로 팔락팔락 넘기기만 한다. 책을 정면이 아니라 비스듬히 옆에 두고 심심풀이로 한 손으로 대해 주는 정도로 다룬 다. 차례를 펼쳐 두면 효과적이다. 곁눈질한다. 다음으로 소파에 누워 뒹굴뒹굴하며 책장을 설렁설렁 넘긴다. 몇 줄 읽고 다시 다 른 쪽을 펼쳐본다. 이렇게 하다 보면 문장의 숨결을 알게 된다. 말 하자면 저자가 쓰는 문장의 버릇이다."

어려운 책은 쉽게 다가가기 어려운 고양이처럼 다루는 겁니다. 시간을 두고 천천히 친해지는 겁니다.

6) 책과 친해지게 만드는 책 읽기

다음은 책을 읽는 것이 왜 중요한지를 알려 주는 책입니다. 《화씨 451》은 SF 소설이고, 《활자잔혹극》은 추리 소설이라서 읽는 재미도 쏠쏠할 거예요.

《화씨 451》(레이 브래드버리 지음, 박상준 옮김, 황금가지, 2009)은 책을 태우는 소방관들 이야기예요. 미래 세계에서는 과학이 발달하여 화재가 일어나질 않아요. 일거리를 잃은 소방관들은 대신 책을 태우는 일을 합니다. 통제 사회를 만들려는 독재자들에게 책은 방해거리가 됩니다. 책은 자기 생각을 가진 사람들을 만들어 내거든요. 그래서 생각을 막기 위해 사람들을 24시간 온갖 정보가 흘러나오는 스크린 벽에 둘러싸이게 합니다. (스마트폰이 뿜어내는 정보에 묻힌 요즘 세태를 예언한 것이기도 합니다.) 그런데 주인공은 책을 태우다가 책에 반해 버리고 맙니다. 아끼는 책을 위해 위험을 감수하는 사람과 만나고, 그들이 목숨을 걸고 지키려던 좋은 책을 펼치게 됩니다. 책의 매력이 무엇인지를 점점 알게 됩니다. 책은 생각이 싹트는 '숨구멍'이며, 진실한 삶의 이야기를 전해 줍니다. 무엇보다 책을 우리에게 '시간'을 선물합니다. 자신을 들여다 보고 자기 목소리에 귀를 기울이는 소중한 시간을 말이죠. 독서를 사랑하게 된 책 태우는 사람의 이야기는 우리에게 책이 무엇인지를 알려 줍니다.

《활자 잔혹극》(루스 랜델 지음, 이동윤 옮김, 북스피어, 2011)은 글자를 읽지 못해 사람을 죽이게 된 여자 이야기예요. 이 소설의 첫 문장은 다음과 같습니다. "유니스 파치먼은 읽을 줄도 쓸 줄도 몰랐기 때문에 커버데일 일가를 죽였다." 여느 추리 소설이 범인이 누구인지를 추적하고 범행 동기를 점차 드러낸다면, 이 소설은 첫 줄부터 대뜸 범인과 범행 동기를 밝힙니다. 그런데 왜 읽을 줄도 쓸 줄도 모르는 게 범행 동기가 되었는지가 의문스럽습니다. 독약이란 글자를 읽지 못해서? 이 소설은 읽는다는 것이 단지 글자를 해독하는 것에 그치지 않는다는 걸 보여 줍니다.

우리는 자기 마음만 볼 수 있습니다. 다른 사람의 마음은 컴컴합니다. 하지만 글을 읽으면 사람의 마음이나 사람 사이의 관계를 다룬 대목과 만납니다. 희미하게 짐작만 하는 것이 활자로 분명하게 드러납니다. 글을 읽다 보면 자연스레 사람의 마음에서 어떤 일이 벌어지고 사람 사이에 무엇이 오가는지를 알게 됩니다. 다른 사람의 마음을 이해하고 공감하는 길이 열립니다. 책을 읽지 못하면 다른 사람의 마음에 다가는 길이 막혀 버립니다. 그저 자신의 좁은 생각에 갇혀 있게 됩니다. 함부로 단정짓고 막무가내로 오해하게 됩니다. 《활자잔혹극》은 읽기의 소중함을 이야기하며 동시에 너무 읽기만 하는 삶도 위험하다는 것을 일러 줍니다. 범죄 피해자인 '커버데일 일가'는 교양 있는 사람들로 책을 많이 읽었습니다. 그런데 너무 책만 읽었기에 현실에는 등을 돌리게 됩니다. 이럴 때 책은 타인과 세상을 보지 못하게 만드는 종이벽이 됩니다. 이 소설은 이렇게 균형 감각을 유지하며 읽기의 소중함과 위험함을 동시에 알려 줍니다.

7) 내 손으로 옮겨 쓰기

필사(筆寫)는 책의 내용을 손수 옮겨 보는 것을 뜻합니다. 팔 힘을 기르기 위해서가 아니라 꼼꼼히 읽고 내 생각을 우려내는 방법으로 유용합니다. 눈으로 읽는 것보다 손으로 옮기면 더 오래 마음에 남기 때문이죠.

글쓰기를 공부 삼아 베껴 쓰기를 해볼까요? 좋은 문장을 그대로 옮겨 적다 보면 자연히 문장 훈련이 되어 글쓰기에 보탬이 됩니다. 손이 아플 수도 있으니 '시'를 베껴 쓰는 것도 좋습니다. 시는 성찰이 들어간 언어의 압축 파일이에요. 한 줄 옮겨 적고 생각하고 한 줄 옮기고 읊어 보면 좋은 언어들이 여러분에게 스며들 거예요.

내용을 이해하는 데도 좋습니다. 어려운 책은 단숨에 읽히지 않죠. 필사 노트를 마련해서 노트 앞면에 검정 펜으로 책 본문을 옮겨 적고 그 아래에 파란 펜으로 해석을 옮겨 봅니다. 종이 뒷면은 아깝지만 비워 둡니다. 거기에 의문점을 적어 둡니다.

필사 내용	해설	의문점, 배운 것 (내 생각)

옛날에 종교인들은 종종 자기 종교의 경전을 필사하며, 마음을 다스리기도 했대요.

넬슨 만델라와 함께 인종차별에 맞서 싸우다 26년이나 감옥생활을 한 아흐메드 카스라다는 악명 높은 로벤 섬에서 18년을 복역한 '위대한 7인' 중 한 명으로 유명합니다. 그는 감시의 눈을 피해 어렵게 구한 책과 잡지에서 마음에 드는 문장을 옮겨 적으며 그 시간을 견뎠다고 한다. 문장을 옮기는 행위 자체가 위로와 기쁨을 줍니다.

8) 최애 작가 만들기

여러분이 좋아하는 작가는 누구인가요? 최애 작가를 꼽고 그 작가가 쓴 책들을 읽어 볼까요? 작가 덕후가 되어 보는 겁니다. 그 작가가 쓴 책을 다 찾아보고 에세이나 인터뷰도 읽고 신문기사나 유튜브까지 섭렵하는 거예요. 낭독회가 열리면 찾아가 봅시다. 한 명을 깊이 알게 되면 다른 사람을 이해하는 길도 열립니다.

4. 책으로 책 쓰기

수파리(守破離)는 불교 용어로 배움의 단계를 설명해 주는 말입니다.

- 수(守): 지킨다, 스승의 가르침을 배우고 지키고자 노력하는 것
- 파(破): 깬다, 스승의 가르침을 깨우친 후 타인의 방식을 연구하는 것
- 리(離): 떠난다, 자신의 연구 성과를 집대성하여 독자적인 경지를 터득하고 일류를 창출해 내는 것

기본을 그대로 따르되 철저하게 모방하는 '수'의 단계(초급), 타인의 방식을 연구하며 더욱더 성장해 나가는 '파'의 단계(중급), 그리고 자신만의 방식을 탐구해 새로운 단계로 나가는 '리'의 단계(상급)로 나뉩니다.

이를 독서에 적용하면 수(守)는 꼼꼼하게 읽는 것, 파(破)는 책의 내용을 이해하는 것, 리(離)는 읽은 책을 바탕으로 자기 글을 쓰는 것에 해당하겠죠. 서평 쓰기는 리(離)의 단계에 해당됩니다. 또한 여기서 한 걸음 더 나아가 읽은 책을 발판으로 삼아 창조의 단계에 이르는 몇 가지 방법을 소개하고자 합니다.

1) 패러디

다른 노래에 병행하는 노래란 뜻의 그리스어 파로데이아(parodeia)에서 유래한 패러디(parody)는 원작을 바탕으로 새로운 글을 쓰는 것입니다. 단순히 다른 작품을 흉내 내거나 모방하는 것을 의미하지 않습니다. 그 작품을 정밀하게 분석하여 틈새를 찾아내고, 자기 식대로 새로 쓰는 작업입니다. 창작 방법이자 자신이 어떻게 읽었는지를 적극적으로 밝히는 독서법의 일환이기도 합니다. 독자들이 능동적인 읽기와 해석 과정을 통해 이야기의 의미를 재구성하는 것입니다.

널리 알려진 작품을 대상으로 삼아야만 새로 꼬아낸 부분이 무엇인지를 독자가 감지할 수 있습니다. 생경한 작품인 경우 독자가 새로운 부분을 발견하기 어렵습니다. 익히 아는 동화와 전설, 민담과 신화를 대상으로 하거나 여러분이 읽는 고전에 대한 뒤집기를 시도해 보세요.

이를테면 다니엘 디포의 《로빈슨 크루소》는 여러 작가에 의해 다시 쓰였습니다. 프랑스 작가 미셸 투르니에는 프라이데이(프랑스 말로 '방드르디')를 주요 인물로 삼아 다시 쓰기를 시도합니다. 미셸 투르니에는 《로빈슨 크루소》가 두 가지 면에서 문제적인 작품이라고 합니다. 방드르디(프라이데이)가 있으나 마나 한 존재로 취급되어 백인 중심의 시각을 드러내며, 로빈슨 크루소가 작은 영국을 만들려는 제국주의적 시각으로 무인도의 삶을 바라보는 게 문제라는 것입니다. 이런 비판 의식에서 미셸 투르니에는 로빈슨 크루소가 만든 작은 영국을 붕괴하고 방드르디에게 발언권과 활력을 주는 새로운 작품을 쓰겠다고 마음먹었다는 겁니다. 작가는 "이렇게 함으로써 백지 상태 위에서 새로운 언어, 새로운 종교, 새로운 예술, 새로운 유희, 새로운 에로티즘을 만들어 낼 수 있다."고 생각했습니다. 이렇듯 패러디 정신은 낡은 작품에 새로운 숨결을 불어 넣어 세상을 보는 새로운 시각을 열어 냅니다.

또한 존 쿳시는 〈포(Foe)〉에서 용감하던 로빈슨 크루소를 비열하고 아집에 가득 찬데다가 섬에서 탈출하려고도 하지 않는 늙은이로 그려 놓고, 섬에 표류한 여성의 눈으로 그를 바라보게 합니다. 제국주의에 대한 비판, 페미니즘적 시각으로 《로빈슨 크루소》는 새롭게 해석됩니다. 두 작품은 모두 주인공이 아닌 다른 인물을 화자로 삼아 이야기를 새로 썼습니다. 시각이 달라지면 보이는 부분도 변하겠죠.

시대나 장소에 변화를 주는 패러디 방법도 있습니다. 로미오와 줄리엣이 뉴욕으로 가면 뮤지컬 〈웨스트사이드 스토리〉로, 둘이 배를 타면 〈타이타닉〉으로 재탄생합니다. 도널드 바셀미의 《백설공주》에서 20세기의 백설공주는 여성학을 전공한 지식인이며 뉴욕 맨하탄의 한 아파트에서 일곱 난쟁이와 함께 삽니다. 백설공주는 권태로운 일상에서 자신을 구해 줄 왕자님을 찾습니다.

패러디에서 가장 중요한 것은 작품을 잘 읽고 분석하는 것입니다. 이를 통해 작품의 빈틈을 찾아내거나 문제점을 발견하여 자기 식으로 재구성하는 것입니다.

2) 운명의 책 3권

살면서 만난 각별한 책 3권으로 자신의 인생 이야기를 만들 수 있습니다. 인생을 달리 보게 만들고 결심을 하게 만든 책이 있을 겁니다. 그 3권을 떠올리고 변화 지점을 짚으면 내 인생 이야기를 풀어 볼 수 있습니다. 어릴 때 읽었던 책, 초등학교 때 만난 책, 사춘기에 만난 각별한 책을 엮어 볼까요?

- 어린 시절
- 초등학교
- 사춘기

문유석은 《쾌락독서》(문학동네, 2018)에서 초등학교 시절부터 자신을 만든 책들과 그에 얽힌 추억을 말합니다. 어린 시절의 책 읽기, 정독도서관 독서교실, 호르몬 과잉기의 책 읽기 등으로 시절마다 자신을 이끈 편식 독서 이력을 펼치며, "나는 간접 경험으로

만들어진 인간이다."라고 말합니다. 유시민의 《청춘의 독서》(웅진
지식하우스, 2009)도 "내 삶에 깊고 뚜렷한 흔적을 남겼던 책"들에
대해 말합니다. 여러분의 인생을 움직인 그 책의 제목은 무엇인
가요?

3) 책 틈새 파고들기

책을 읽고 그 책에 들어갈 수 있는 이야기를 만드는 건 어떨까
요? 저자의 생각을 받아 저자의 방식대로 새로운 이야기를 만들어
보는 겁니다. 이솝 우화를 읽고 우화 형식을 따서 이야기를 써도
좋고, 단상으로 이어진 책을 읽고 합창에서 다른 성부가 노래하듯
새로운 단상을 만들어 내는 겁니다.

읽은 책을 씨앗으로 삼아 다른 이야기를 쓸 수도 있습니다. 오
리지널 영화의 전사(前史)를 다룬 작품을 프리퀄(prequel)이라고 합
니다. 속편이라고도 하죠. 소설을 읽고 주인공의 과거 이야기 또
는 오리지널 에피소드에 앞선 이야기를 보여 주어 본편의 이야기
가 어떻게 그렇게 흘러가게 되었는지를 설명해 주는 겁니다.

또한 결말 부분에 덧붙일 이야기, 이를테면 주인공들이 그 뒤에
어떻게 살아가는지를 에필로그 형식으로 그릴 수도 있죠. 등장인
물의 후일담을 상상해 보는 것입니다.

자신이 읽은 책에 끼워 넣을 수 있는 한 장(障)을 구상해 보는

것도 좋습니다. 모든 배움은 '모방'에서 출발합니다. 자신이 반한 책의 서술 방식, 어조, 구성을 익히며 동시에 자신의 글을 생산하는 방법으로 추천합니다.

4) 문장 수집장

책에서 나를 움직인 '문장'을 수집해 보세요. 하루 한 문장이라도 좋습니다. 노트에 그 문장을 옮겨 보세요. 나를 움직이는 말들을 한데 모아 두는 것입니다. 문장이 쌓여 가면서 세상에서 단 하나뿐인 나만의 문장 수집장이 만들어집니다.

• 카프카, 《변신》

어느 날 아침, 그레고르 잠자가 불안한 꿈에서 깨어났을 때, 그는 자신이 침대 속에서 한 마리의 커다란 해충으로 변해 있는 것을 발견했다.

• 나쓰메 소세키, 《마음》

거짓 없이 써서 남기는 내 노력은 인간을 아는 데 있어 당신한테도 다른 사람한테도 헛수고는 아닐 거라고 생각합니다.

• 박완서, 《나목》

봄에의 믿음. 나무를 저리도 의연하게 함이 바로 봄에의 믿음이
리라.

• 발자크, 《고리오 영감》

이제부터 파리(Paris)와 나의 대결이야!

• 헤르만 헤세, 《데미안》

새는 알에서 나오려고 투쟁한다.
알은 세계다. 태어나려는 자는 하나의 세계를 깨뜨려야 한다.

　심심할 때, 생각이 제자리를 맴돌 때, 답답할 때, 외로울 때, 문
장 '비타민'을 복용합니다. 이런 씨앗 문장들은 생각에 불을 붙이
거나 글쓰기의 첫 발을 내딛는 데 도움을 줍니다. 선물로 문장을
전하는 것도 좋습니다. 좋은 문장을 민들레 씨앗처럼 세상에 날려
보내는 겁니다.

나가는 말

서평을 쓰면 '그 책'은 '내 책'이 됩니다. 서평 쓰기는 우리에게 여덟 가지 선물을 안겨 줍니다. 정보를 지식으로 만들어 주며, 기록은 기억을 탄탄하게 보존시켜 줍니다. 공부머리를 길러 주며 창조의 씨앗을 싹틔웁니다. 다른 독자에게 빛과 소금이 되어 줍니다. '나'를 만드는 벽돌이 되며 나아가 살아가는 힘이 됩니다. 무엇보다 서평은 세상을 달리 보게 만드는 새로운 창을 엽니다.

이 책에서 소개한 '서평' 쓰기 방법은 다음과 같습니다.

'팔랑팔랑'은 책이 입은 옷을 살펴보는 방법입니다. 파라 텍스트(paratexte)는 본문 이외에 책에 대해 말해 주는 것을 이릅니다. 표지에 실린 정보를 살펴 책을 시식합니다. 표지를 들추면 나타나는 정보들, 저자 소개와 추천사, 역자 후기는 책의 대략적인 내용을 훑어보는 데 유용합니다.

'뒤적뒤적'은 책에 다가가는 방법을 전합니다. 책을 읽는 목적을 묻는 것에서 출발하여, 연필을 들고 밑줄을 긋거나 메모를 하며 내 것으로 만듭니다. 서평 쓰기에 필요한 인용구를 수집하고 책을 더 깊이 이해하기 위한 북/노트를 만드는 방법을 제시합니다.

'끄적끄적'은 서평을 쓰기 위해 필요한 밑바탕을 마련하는 단계입니다. 수집한 정보를 어떻게 정리하며, 독자를 어떻게 설정할 것이며, 뼈대를 짜고 개요를 작성하는 방법을 전합니다. 중요한 것은 무작정 쓰지 않고 '틀'과 내용 배치의 순서를 궁리하는 것입니다.

서평은 징검돌입니다. 책의 저자와 이 책을 접할 독자를 연결해 줍니다. 적절한 크기의 돌을 맞춤인 거리마다 놓아 둬야만 저편까지 건네다 줄 수 있습니다.

눈길을 끄는 인상적인 첫 문장과 여운을 남기는 끝 문장이 필요합니다. 적절하게 묶고 단락을 만들어 읽기 좋게 나누어 줍니다. 군더더기 없는 날렵한 문장을 구사하며 앞뒤가 맞게 연결시켜 뜻이 통하는 길을 열어 줍니다. 퇴고는 자신의 글을 '낯설게' 보는 데서 시작됩니다.

서평 쓰기의 방법은 무궁무진합니다. 책계부나 읽은 책을 기록하는 일기도 가능합니다. 비블리오 배틀이나 홈쇼핑, 주제가 만들기와 연극, 토론과 수다 떨기 등 글로 쓰는 것이 아닌 독특한 서평 쓰기 방법도 시도해 보세요.

더 나아가 '책'은 책을 쓰게 합니다. 패러디, 운명의 책 3권, 책의 틈새로 파고드는 방법을 통해 남의 책을 내 책의 씨앗으로 삼는 방법도 가능합니다.

얀 마텔이 쓴 《각하, 문학을 읽으십시오》(강주헌 옮김, 작가정신, 2013)는 작가가 캐나다 수상 스티븐 하퍼에게 무려 4년 동안 보낸 101통의 편지를 묶은 책입니다. 작가는 문학 작품을 하나씩 소개한 편지에 책까지 동봉해서 문학을 읽으라 권합니다. "복잡한 21세기에 깊이 생각하고 충분히 공감하는 마음을 갖기 위해서는 논픽션보다 문학이 더 절실"하며, 국민을 잘 이끌려면 "세상이 실제로 돌아가는 이치를 이해하는 능력만이 아니라, 세상이 어떤 모습으로 바뀌면 좋겠다고 꿈꾸는 능력도 갖추어야 한다."는 이유에서입니다. 책은 우리가 다른 세상, 다른 사람의 마음으로 건너가는 문입니다. 책을 열면 더 넓은 세상이 우리 앞에 펼쳐집니다.

책은 직사각형 모양의 섬입니다. 아직 펼쳐지지 않은 책은 무인도입니다. 서평은 이 홀로인 섬으로 가는 길을 열어 줄 것입니다. 서평은 당신이 읽은 책을 다음 독자와 연결시켜 줍니다. 서평을 쓰는 사람은 독자이며 저자입니다. 우리는 그렇게 이어집니다.